SÈNA

Marchand de feuilles
C.P. 4, Succursale Place d'Armes
Montréal (Québec)
H2Y 3E9
Canada

www.marchanddefeuilles.com

Graphisme de la page couverture : Sarah Scott
Illustration de la couverture : Beth Hoeckel
Mise en pages : Roger Des Roches
Révision : Hélène Bard
Diffusion : Hachette Canada
Distribution : Socadis

Marchand de feuilles remercie le Conseil des Arts
du Canada et la Société de développement
des entreprises culturelles (Sodec) pour leur soutien
financier. Marchand de feuilles reconnaît l'aide
financière du gouvernement du Canada par l'entremise
du Fonds du livre du Canada (FLC) pour ses activités
d'édition et bénéficie du Programme de crédit d'impôt
pour l'édition de livres (Gestion Sodec)
du gouvernement du Québec.

Catalogage avant publication de Bibliothèque et Archives
nationales du Québec et Bibliothèque et Archives Canada

De Luca, Françoise, 1956-

Sèna

Texte en français seulement.

ISBN 978-2-923896-46-5

I. Titre.

PS8557.E454S46 2015   C843'.6   C2014-942628-3
PS9557.E454S46 2015

Bibliothèque et Archives nationales du Québec
Bibliothèque et Archives Canada
© Marchand de feuilles, 2015
Tous droits réservés pour tous pays

FRANÇOISE DE LUCA

SÈNA

Roman

ÉDITIONS
MARCHAND
DE FEUILLES

I

*

1

Tu n'es plus un voyageur. Tu as su tout de suite que le train partirait sans toi. Tu es un homme seul dans la Gare de Lyon. Un homme prostré au bar du Train Bleu. Devant toi, il y a un livre. Un livre que tu viens d'acheter à la librairie de la gare. Sur ce livre, il y a un nom : Sèna N'Dior. C'est ce nom, surgi d'un lointain passé, qui te pétrifie, qui te coule à pic. Car ce nom a un poids, le poids d'un corps noir, le beau corps d'une femme vive. Sèna, murmures-tu. Et ce nom rappelé par tes lèvres, de nouveau exposé, est d'une douceur si violente, tu voudrais revenir en arrière, à ta matinée, à ton petit-déjeuner solitaire, au soleil sur ta tasse. Mais il est trop tard. Sur ce livre, il y a un titre : *Rue Étroite*. Il n'y a pas de photo, pas de visage auquel confronter ta mémoire, il n'y a que le nom et le titre. Et ce nom et ce titre font une histoire que tu connais bien. Une histoire que tu ne peux plus ne pas connaître : l'histoire de ta lâcheté.

Tu ne rejoindras pas ta femme et tes parents dans la maison de Provence. Avec ce livre, tu ne peux pas. Ce nom, tu ne le trahiras pas une deuxième fois. Tu as demandé un cognac. Tu regardes le serveur s'approcher dans le somptueux couloir rouge aux fauteuils profonds, aux lourdes tentures, ce bar plus discret que les immenses salles du restaurant surchargées de dorures tant décrites, tant filmées. Dans *La maman et la putain,* Jean-Pierre Léaud y disait « J'aime bien cet endroit. Quand je suis de mauvaise humeur, je viens ici. Je suis leur meilleur client. » Il fallait un tel lieu pour ton bouleversement. Il fallait un lieu pour le livre, un lieu emblématique et silencieux, pour le toucher, le sentir, pour l'ouvrir et oser te souvenir. Les miroirs y reflètent une splendeur qui t'apaise. Sous ses plafonds peints, le temps semble mort. Tu t'y sens à l'abri. Tu regardes le livre sur la table. Il te semble inoffensif ainsi avec sa couverture sobre. Il ne te fait plus peur, il ne te fera pas mal. Son titre peut évoquer n'importe quelle rue de n'importe quelle ville. Mais c'est juste le cognac qui trompe tes nerfs, car tu sais bien qu'il s'agit d'une rue de Strasbourg, une petite rue serrée derrière le quai des Bateliers. Dès que tu quittais les bords de l'Ill, tu levais la tête. La maison haute. La chambre de bonne au dernier étage. Elle sentait l'encens et le thé au jasmin, il y avait des livres sur une étagère, une tenture au-dessus du lit, le lit était étroit. Quelque chose y battait comme un pouls ou le silence, un murmure joyeux. La lumière y entrait de biais et le silence devenait lui aussi une poussière oblique. Tu t'y tenais, exposé et protégé, comme au cœur d'une aventure, d'une découverte, d'une cabane au bout d'un arbre. Cette chambre, tu l'avais aimée aussi immédiatement que tu étais tombé amoureux de Sèna. La fenêtre donnait sur le ciel et le ciel était mauve. Tu avais ôté ton manteau et ton écharpe. Sèna était debout près la table, mais elle était près de toi, la chambre était petite. Tu avais fait un pas vers elle. Elle ne souriait pas et tu ne sais plus quel était ton visage, mais quand tu l'avais prise dans tes bras, vos corps avaient frémi et tremblé, et tu avais eu cette pensée bizarre qu'ils éclataient de rire. Vous aviez ri ensuite quand vos corps avaient formé un tout, quand le monde avait commencé à vous appartenir. Et le rire était resté dans la chambre, le rire rauque de Sèna qui partait du ventre, son ventre doux et ferme, son rire de plaisir tressé au tien, étonné, et en était devenu une caractéristique. Comme la lumière qui, à l'aube, s'accrochait aux objets et glissait sur le mur blanc, comme la rumeur lointaine, comme le cri des mouettes sur l'Ill. Non, ce n'est pas n'importe quelle chambre. C'était le lieu riant de l'amour quand vous étiez sans crainte, quand tu te pensais sans limites. Ce n'est pas n'importe quelle ville. Elle vous poussait le long de ses maisons hautes, dans ses cours et ses ruelles. Elle vous invitait à marcher serrés l'un contre l'autre. Le froid était une intimité, la chambre, une promesse brûlante. Et c'est là que Sèna te donne rendez-vous. Elle a des choses à te dire. Tu as des comptes à lui rendre. Entre vous, il y a la souillure de ton abandon, quand la couleur de sa peau avait cessé d'être celle de l'amour, quand elle était devenue une impossibilité. Le titre, sur ce livre devant toi, n'évoque pas seulement une rue, il évoque pour elle un chemin, un avenir, un lendemain, une *voie* étroite. Et pour toi la profondeur insoupçonnée du chagrin. Car tu t'es efforcé de ne plus penser à elle. Tu as épousé une femme blanche et blonde. Tu t'es efforcé de ne plus penser à rien. Et maintenant ce livre te fait peur, il te fait déjà mal. Et tu comprends que tu ne l'ouvriras pas. Pas encore, pas tout de suite. Tu ne peux pas t'exposer, nu, à la morsure de ses mots. Il te faut t'habiller de tes propres souvenirs. Ériger chacun d'eux comme un rempart. Ne pas te laisser encercler, ne pas te laisser prendre en traître. Avant d'en tourner la première page, organiser ta défense.

2

Pauvre défenseur, en vérité. Tu n'es pas devenu avocat, mais notaire comme ton père. Tu as consenti à tout ce que tu avais fui. Mais tu n'as pas toujours été lâche, tu n'as pas toujours été un arbre sec. Il te semble même avoir longtemps lutté contre la lâcheté. Tu la connaissais bien. Elle glissait des épaules affaissées de ton père quand, dans le long couloir de l'appartement de Chartres, il t'arrivait de le croiser. Elle se camouflait sous le désespoir de ta mère. C'était comme une odeur qui avait imprégné les murs, les rideaux de velours bordeaux qu'on n'ouvrait à peine, l'affreux mobilier anglais de la salle à manger où personne ne s'asseyait jamais, car vous ne receviez pas de visite, mais surtout ce coin de la cuisine où, sur une chaise face à la porte d'entrée, ta mère restait des heures immobile et muette. C'était une odeur que même enfant tu reconnaissais. Elle était celle des portes closes, des repas silencieux, des nuques raides, de tes parents ensemble, mais séparés. Elle était celle d'une vie sans heurts et sans joie. Tu t'échappais comme tu le pouvais. Tu rêvais d'un avenir rugissant où tu serais lion ou chanteur de rock. Tu guettais la vie derrière les portes.

Tu jouais dans le couloir, tu y étais plus près du dehors, tu pouvais entendre les voix qui venaient du logement du dessous. Tu percevais des rires, des querelles d'enfants. Comme tu aurais aimé toi aussi un peu de tumulte ! Ta mère apparaissait, te regardait sans te voir, et tu cherchais sur ses lèvres pâles une malfaçon, une anomalie, qui aurait expliqué qu'elles n'expriment jamais la gaieté ni le contentement, qu'elles ne s'étirent jamais en un rire, qu'elles ne forment jamais un mot tendre. Qu'elles n'aient en somme rien de commun avec celles, fraîches et hardies, de cette voisine du dessous qui s'appelait Teresa, qui te souriait dans l'escalier et te disait « Bonjour, mon garçon » avec un accent italien.

Teresa était pour toi l'incarnation de la beauté, non pas en raison de ses traits – qui n'en manquaient pas – ou de son corps radieux, mais parce qu'elle avait cette faculté toute simple de rire et d'élever la voix. Tu entendais son rire, et c'était comme des doigts qui couraient sur ta peau. Comme tu enviais les deux petits garçons qui s'enroulaient à ses jambes et poussaient sous ses mots ! Teresa. Son nom est celui d'années lumineuses et inespérées. D'années que tu as voulu oublier pourtant, comme tu as voulu oublier tant de choses. Mais la voilà à présent, Teresa. La voilà qui, s'échappant de ta mémoire, monte l'escalier jusqu'à l'appartement où tu es seul avec ta mère. C'est un samedi, il est quatre heures. Tu es assis à ta place dans le couloir. Tu as dans chacune de tes mains une petite voiture que tu fais aller et venir, puis rentrer dans le garage de tes jambes écartées. Et l'on frappe à la porte. Tu te figes de curiosité. Il y a un long silence. Puis ta mère émerge de la cuisine. Elle marche avec précaution. Elle se tient maintenant près de toi, effarée, hésitante. Et tout à coup, tu es debout. De toute la hauteur de tes sept ans. Tu t'élances, mais ta mère te retient fermement, plaque une main sur ta bouche. Tu te débats sans un son, mais avec détermination, et tu sais que tu le paieras. Tu atteins la porte. Tu l'ouvres. Teresa est sur le seuil, souriante et gênée. Elle dit quelque chose que tu ne comprends pas tout de suite, puis que tu saisis – tu aimeras désormais tous les accents. Teresa demande si tu peux venir goûter avec ses enfants. Ta mère est si surprise qu'elle ne refuse pas. Elle le regrette aussitôt, mais il est trop tard. Tu es déjà dans l'escalier, hors de portée. Tu aimes déjà passionnément cette femme qui t'arrache au silence. Cette femme, Teresa Zapelli.

Ta mère avait refermé la porte à contre-cœur, et Teresa était debout devant toi avec un visage plein et des bras dodus qui sentaient la cannelle. Tu l'avais suivie comme on accepte un miracle. Tu étais entré dans sa cuisine. La pièce était claire et embaumait la pâtisserie. Deux enfants semblables étaient attablés devant un bol de chocolat et une quantité incroyable de biscuits. Ils t'avaient examiné un moment de leurs grands yeux noirs, puis d'un même mouvement s'étaient élancés vers toi. Teresa avait ri. Les jumeaux encore dans les jambes, tu avais levé la tête. Tu avais regardé cette femme forte et généreuse : elle serait l'image inaltérable de ton enfance.

Oui, toute ton enfance est marquée du nom de Teresa, de sa cuisine chaude où tu trouvais un refuge. Tout ce que tu as vécu de beau commence cet après-midi-là. Tu t'étais gavé de gâteaux et de chocolat, tu avais dessiné avec Jean-Baptiste et Mario, tu avais posé des questions et on t'avait répondu. Il existait donc des lieux où la parole était possible. Des lieux chaleureux et aimants où un père rentrait à la maison après sa journée de travail. Lorenzo – mêmes yeux, même sourire que les jumeaux – avait embrassé sa femme et ses garçons, puis il s'était approché de toi et, en t'ébouriffant les cheveux, t'avait demandé ton nom. En retirant ses grosses chaussures, il avait dit : « Tu manges avec nous, Thomas ? » Tu n'avais pas faim, non, mais tu étais monté à la vitesse de l'éclair demander la permission.

La porte était fermée. Tu avais frappé. Tu n'avais pas eu de réponse. Tu t'étais souvenu d'un jour où, après le jardin d'enfants, tu avais été invité chez une petite fille avec qui tu jouais souvent. C'était une invitation spontanée et ta mère n'avait pas pu refuser. Tu t'étais amusé comme un fou cet après-midi-là, vous aviez couru partout, dansé, bu de la citronnade et mangé un gros gâteau au chocolat. Quand la petite fille et sa maman t'avaient raccompagné, ta mère avait déclenché l'ouverture de la porte du dehors, mais elle n'était pas venue à ta rencontre. Tu étais monté seul, tout content de ton après-midi. Mais tu n'avais pas pu rentrer. Tu avais frappé, appelé, tambouriné. Tu avais été si terrorisé que tu avais fait pipi dans ton pantalon. Dans cet escalier du dernier étage où personne ne pouvait te voir, tu étais resté longtemps à sangloter doucement, mort de peur et de froid. Tu avais cinq ans.

La porte resterait donc fermée. Tu n'avais pas pleuré, tu étais redescendu. Elle l'était toujours quelques heures plus tard, quand tu avais quitté les Zapelli. Tu t'étais adossé contre le bois et, comblé de douceur et de nourriture, tu t'étais endormi. C'est ton père qui en rentrant tard t'avait trouvé là, ankylosé et grelottant. Quand il avait ouvert avec sa clé, tu avais croisé le regard de ta mère, qui n'avait pas bougé de la cuisine. Un regard vide, effrayant. Ton père n'avait pas dit un mot. Il avait emprunté le long couloir et s'était réfugié dans son bureau. Toi, en te recroquevillant sous tes draps, tu n'avais pensé qu'à une chose : tu avais une nouvelle famille.

3

Oh, c'était une famille vivante ! Il y avait des jeux, de la confusion et de la pagaille. Et, quelquefois, quand autour de la table tu poursuivais Jean-Baptiste et Mario qui riaient de terreur, tu imaginais qu'un petit garçon solitaire entendait vos rires et vous enviait. Mais c'était fini pour toi la retraite du couloir. À peine rentré de l'école, tu te précipitais chez les Zapelli. Il y avait désormais ta vie le jour et ta vie la nuit. Mais la nuit passait vite : les pas tardifs de ton père, le visage absent de ta mère à la table du petit-déjeuner, et tu dévalais l'escalier vers le jour. Le jour, c'était Teresa. Pendant que les petits lançaient leurs billes à tes pieds, tu faisais tes devoirs sur un coin de la table, puis tu la regardais. Tu pouvais passer des heures à la regarder coudre, repriser un vêtement, broder sur des nappes des motifs colorés, repasser, étaler la pâte en pesant sur le rouleau à pâtisserie. Elle ne restait jamais sans rien faire comme ta mère. Pour ton cœur d'enfant, Teresa était une fée. Une fée au corps robuste et majestueux, une fée intuitive et miséricordieuse. Elle te nourrissait de pâtes au four et de minestrone et t'écoutait de ses yeux rieurs comme si elle avait deviné ta solitude et qu'elle la jugeait inacceptable. Et de ta mère elle ne parlait pas. Celle-ci non plus ne disait rien de Teresa. Une fois la première réticence passée, elle semblait s'être désintéressée de l'affaire. Elle semblait même y trouver son compte. Rien désormais ne la détournait plus de son apathie. Mais quand tu quittais la cuisine chaude des Zapelli où, chaque soir, Lorenzo lisait pour ses enfants une histoire en italien, que tu écoutais toi aussi, non pas les mots que tu ne comprenais pas, mais la voix qui berçait, qui rassurait, tu trouvais souvent la porte close. Tu t'asseyais. Tu attendais. Que t'importaient ces heures qu'au gré de la fantaisie jalouse de ta mère tu passais dans l'escalier, puisque le monde désormais était solide, puisque tu t'y tenais confiant. Tu aurais supporté bien d'autres choses.

Tu ne disais rien à Teresa. Rien de cette attente, des yeux fous de ta mère, de ton sommeil retardé. Et rien non plus de la crainte qui quelquefois te vrillait le ventre et qui était bien plus grande que celle de rester dehors : la crainte que la porte soit fermée de l'intérieur et que tu ne puisses pas descendre. Cette appréhension, tu l'avais éprouvée tout de suite. Tu savais qu'elle était fondée, que dans l'esprit troublé de ta mère pouvait naître l'idée de cette punition inverse. Ce que tu ne savais pas, c'est quand cela arriverait. Les jours où tu n'allais pas à l'école, la peur te réveillait à l'aube. Mais il était trop tôt pour te mettre debout. Tu attendais alors patiemment que ton père se réveille. Tu descendrais tout de suite après lui, ta mère n'aurait pas le temps d'intervenir. Quand il entrait dans la salle de bain, tu te levais lentement, tu t'asseyais sur ton lit. Tu l'entendais se diriger vers la cuisine. Tu te précipitais alors pour te laver et t'habiller à ton tour. Tu savais qu'il prendrait son petit-déjeuner rapidement. Tu devais faire vite. Dès qu'il refermait la porte d'entrée, tu enfilais ton anorak et tes chaussures. Quand claquait la porte du bas, tu descendais. Un jour, il y avait eu un contretemps dans cet ensemble parfaitement réglé, tu avais été trop rapide, et tu t'étais trouvé nez à nez avec lui au moment où il boutonnait son manteau. Il t'avait regardé curieusement. Il était sept heures du matin. Il faisait à peine jour. Tu te tenais prêt à descendre, tout petit dans ce couloir. Mais il n'avait pas manifesté de surprise. Il ne t'avait pas demandé où tu allais. Il t'avait semblé qu'il le savait et qu'il savait aussi pourquoi tu te hâtais, pourquoi il te fallait calquer tes pas sur les siens.

Quand tu descendais, devant le visage aimant de Teresa disparaissait le malaise. L'inquiétude se dissolvait. Il te suffisait d'entrer dans sa cuisine pour que le monde change et devienne plus léger. Dès que tu poussais la porte, tu sentais dans ton corps le passage d'un état à un autre, une ouverture dans ta poitrine, un élargissement. Teresa levait les yeux de son ouvrage et te souriait. Tu t'élançais et te serrais contre elle. Tu respirais son odeur sous le coton de sa robe fleurie. Un léger parfum de tilleul mêlé à une sueur fraîche. Une odeur d'été. Contre Teresa, il t'arrivait parfois d'avoir envie de pleurer à cause de ce parfum, de ces bras chauds. Pas de tristesse, non, mais de trop de bonheur neuf. Parce que le monde était divisé, parce que plus tard tu monterais quelques marches et ce serait l'obscurité. Tu aurais voulu ne plus devoir rentrer chez toi. Rester le soir quand Lorenzo lisait pour ses enfants, partager la chambre des jumeaux, chuchoter et rire encore un peu dans le noir, puis t'endormir paisiblement. Alors, quand tu n'allais pas à l'école, tu aidais Teresa à préparer le petit-déjeuner – Jean-Baptiste et Mario n'étaient pas encore levés – et tu avais l'impression d'effacer ta nuit solitaire, de raccorder ce qui n'aurait pas dû être disjoint.

L'été, c'était toujours ainsi. Tu aimais tant l'été aux côtés de Teresa! Tu descendais après le départ de ton père et, frissonnant encore un peu dans ton short neuf, tu attendais que Teresa ouvre sa porte et te sourie. Tu aimais l'odeur du matin frais dans sa cuisine. Teresa préparait les tartines que tu dévorerais au parc avec Jean-Baptiste et Mario. Elle coupait des tranches de pain et y disposait des rondelles de tomate et de mozzarella. Assis à la table, balançant tes jambes nues, tu ajoutais l'huile d'olive et l'origan. Vos gestes s'harmonisaient. Teresa préparait, tu mettais la touche finale et tu emballais le pique-nique. Les jumeaux se réveillaient. Tu les entendais déjà se chamailler. Mario arrivait en trombe et se jetait contre toi. Jean-Baptiste se lovait dans les bras de Teresa. Ils expédiaient leur petit-déjeuner et, dix minutes plus tard, t'attendaient devant la porte droits comme des I. Teresa riait. « Les poussins sont prêts, on dirait, Thomas ! » Dès que vous entriez dans le parc, les « poussins » lâchaient ta main et se déchaînaient. Ils se jetaient l'un sur l'autre, se poursuivaient, te faisaient des crocs-en-jambe, te plaquaient au sol, t'immobilisaient en postillonnant, puis, fous de joie, montaient aux arbres et disparaissaient dans le feuillage. C'était leur cachette préférée. Ils pouvaient rester là longtemps. Pour les faire descendre, tu avais un truc infaillible. Tu sortais le pique-nique et faisais mine de manger tout seul. Un jour, pourtant, ça n'avait pas marché. Jean-Baptiste était descendu, mais pas Mario. Comme Mario était un petit farceur, tu ne t'étais pas inquiété. Mais le temps passait. Tout à coup, cela faisait longtemps. Jean-Baptiste avait commencé à hurler le nom de son frère. La peur avait embrasé ton corps, de tes orteils à la pointe de tes cheveux. Vous aviez fini par retrouver Mario à l'autre bout du parc, perché sur son arbre comme un jeune chat orgueilleux et désemparé, incapable de redescendre. Depuis, tu ne les perdais plus de vue. Tu veillais sur eux comme un grand frère protecteur. Vous vous rouliez dans la terre, vous évitiez les arbres, inventiez d'autres cachettes dans les buissons ou les fourrés, puis sales, fourbus, mais toujours réunis, vous rentriez dans le soir tiède. De la fenêtre ouverte, pendant que Teresa et toi vous vous taisiez, te parvenaient des odeurs de fleurs et d'herbe coupée. Tu éprouvais alors un sentiment indicible, quelque chose qui ressemblait à de la nostalgie. Comme si ces journées étaient déjà vécues et encore à naître, comme si elles étaient à la fois une plénitude et une promesse. Tu levais les yeux sur Teresa. Tu la voyais illuminer de ses gestes le matin tranquille. Tu ne voulais rien d'autre que ces étés à ses côtés, cette longue étendue de jours pailletés.

4

Mais chaque année, en août, tu dois partir avec ta mère au Grau-du-Roi, chez tes grands-parents maternels. Ton père ne vous accompagne pas. La maison est de l'autre côté de la route qui conduit à la mer. À cause de la chaleur, les volets sont toujours fermés. Tes grands-parents sont très vieux, indifférents et froids, un rien les dérange. Ta mère aussi, elle t'a eu tard. Sous le parasol, elle cache son corps maigre. Seul dans le sable, au milieu d'autres baigneurs, tu joues sous son regard distrait. Tu penses aux jumeaux qui ne partent pas, qui lancent leurs billes sous la table de la cuisine ou, quand Lorenzo se repose, se replient dans la fraîcheur de l'escalier. Et tu les rejoins en pensée. Tu es devant la mer et tu n'es pas là. Tu t'imagines dans la cour, sous un soleil brûlant, et Teresa se penche à la fenêtre, comme jamais ta mère ne le fera, et elle appelle : Mario, Jean-Baptiste, Thomas ! C'est l'heure du goûter et vous montez en courant dévorer le pain sucré et la brioche. Ici, rien ni personne ne t'attend sous le parasol. Celle qui est là te regarde sans te voir. Toute à son malheur qu'elle n'avouera jamais, dont elle n'a qu'imparfaitement conscience, mais qui a durci son corps, qui l'a sédimenté. Tu remplis ton seau et tu le retournes tranquillement. Se forment des gâteaux de sable que tu modèles avec patience. Il n'y a pas de fureur dans tes gestes, pas d'aigreur. Ta faim est ailleurs. Ton monde est peuplé, il peut tenir au fond d'un seau, tu peux y puiser à volonté. Grâce à l'amour de Teresa, il n'y a pas d'espace en toi pour l'amertume et le ressentiment. Alors, quand le soleil décline, pendant que la plage se vide, tu cherches pour tes amis les coquillages les plus blancs, les galets les plus lisses, et c'est presque gaiement que tu trottines aux côtés de ta mère jusqu'à la maison aux volets clos. Tu sais que tes grands-parents auront déjà dîné, qu'ils regarderont la télévision au salon, que tu seras seul à table avec ta mère, mais tu pourras t'échapper, tu penseras aux Zapelli, à la joie du retour. Car tu as maintenant conscience de la durée, de l'attente, et c'est une forme de bonheur. Avant tu n'attendais rien, même pas la fin de ces vacances sans saveur. Avant tout était morne. Tu voyais le monde d'une fenêtre fermée.

Après le repas, fuyant le mutisme de ta mère et l'immobilité de la maison, tu sors dans le jardin. Tu souffles, tu respires. Le soir tombe à peine. Tu peux encore voir la ligne lointaine de la mer de l'autre côté de la route et, toutes proches, les maisons coquettes et fleuries. Le jardin de tes grands-parents ne compte qu'une rangée de roses trémières dont les hautes tiges de fleurs rouges s'accrochent aux murs lézardés et cachent les volets que l'on n'ouvre jamais. Tu t'assieds là, sur un muret de pierre. Aucun bruit à l'intérieur. Tes grands-parents sont momifiés devant la télévision. Ils s'endormiront, comme chaque soir, dans leur fauteuil. Et ta mère ? Ta mère ne s'assoit jamais avec eux, elle se retire dans sa chambre. Le petit-déjeuner est le seul moment où tu vois tes grands-parents debout, où vous vous tenez dans la même pièce. Ta grand-mère dépose un bol de lait devant toi, et c'est le seul geste tendre que tu lui connais. Ton grand-père traverse la cuisine pour aller chercher le journal devant la porte et, de son pas fantomatique, retourne au salon. Les premières étoiles apparaissent. Tu ne connais pas leur nom. Tu restes un long moment sous leur scintillement anonyme, jusqu'à ce que tu sentes tout à fait la nuit sur ta peau, jusqu'à ce qu'elle te lave, qu'elle gratte les strates étouffantes du silence. Puis tu regagnes ta chambre dans l'obscurité. En contournant la maison pour rentrer, tu passes habituellement devant la fenêtre de ta mère. Un soir, tu vois la lumière filtrer à travers les volets disjoints. C'est plus fort que toi, tu y jettes un coup d'œil. Tu vois alors quelque chose d'étrange. En prenant soin de rester caché, tu regardes plus attentivement. Ta mère est assise sur son lit, tête baissée, comme une enfant concentrée, et découpe avec d'infinies précautions de minuscules bandelettes dans un magazine. C'est pour toi une image si étonnante, si déroutante, si incompréhensible que tu la remises dans un coin de ton esprit et que tu l'oublies là.

Enfin, tu revenais. Bronzé malgré toi, tu dévalais les escaliers un sac de trésors à la main : des étoiles de mer pour les jumeaux, une boule de verre enserrant un lis des sables pour Teresa. Chaque année, tu lui apporterais une boule de verre avec un motif différent. Avant de frapper à la porte familière, tu restais immobile un moment, anticipant ton bonheur : les yeux de Teresa, la joie des jumeaux, les cadeaux sur la table. Et ce bonheur était contenu dans un bonheur plus grand, parce que septembre annonçait les mois paisibles, sans vacances et sans départs. La porte s'ouvrait sur le sourire de Teresa. Jean-Baptiste et Mario couraient autour de toi comme de petits lutins allègres. Ils te pressaient de questions. Tu répondais, tu racontais. Et alors seulement, parce que tu les partageais, tu pouvais éprouver le bonheur de la mer, du soleil sur ta peau, de tes petits gâteaux de sable emportés par les vagues. À chacun de tes retours, tu constatais que les jumeaux avaient grandi, et c'est ainsi que tu grandissais toi aussi aux yeux de Teresa. Le temps passait.

5

Dans tes souvenirs les plus heureux, il y a les après-midi où tu écoutais Teresa. Ces après-midi magiques où il faisait gris, quelquefois il pleuvait, mais il y avait toujours un silence particulier. Près de la fenêtre, Teresa brodait sur une nappe blanche des cerises et des citrons. Tu approchais ta chaise et tu lui demandais de te raconter. Parce qu'un soir Lorenzo avait déplié une carte de l'Italie sur la table, que son doigt était descendu presque tout en bas et s'était arrêté sur une tache brune où on pouvait lire le mot Sila, parce qu'il avait dit « C'est là, tu vois, c'est là. On vient de là, de la montagne » et qu'ensuite il s'était tu, tu avais voulu savoir comment c'était « là ». Dès le lendemain, tu t'étais approché de Teresa et en désignant la carte qui était restée sur la table, tu lui avais demandé de te parler de la montagne. Teresa t'avait souri. Elle ne te laisserait pas sans réponse. Elle t'avait regardé attentivement néanmoins, comme si elle avait voulu juger du degré de ton intérêt. Et comme ton visage était entièrement tendu vers le sien, elle t'avait dit : « Viens, assieds-toi. » Ainsi, au cours de longs après-midi paisibles, elle t'avait raconté son histoire.

Tu te souviens de ces moments comme d'un bonheur absolu. Tu étais seul avec Teresa – les jumeaux jouaient dans leur chambre –, la maison était calme et chaude, la pluie tambourinait sur la vitre comme si elle avait voulu qu'on l'invite à entrer. Mais Teresa brodait des cerises et des citrons et ne parlait qu'à toi, te confiait des choses précieuses. Vous tissiez, ensemble, un temps qui n'appartenait qu'à vous, une intimité. Tu te sentais important, tu te sentais choisi. Installé contre sa chaise, fasciné, tu voyais l'aiguille qui courait, agile, à mesure que l'histoire prenait forme.

– « La montagne est une géante qui ne peut pas nourrir ses enfants. Et la nuit, elle pleure quelquefois, elle pleure sa solitude. Elle pleure en silence pour ne pas réveiller les loups ni la douleur des séparations... » C'est ainsi que commençait une fable de mon enfance. Et c'était vrai, il était difficile de vivre dans cette terre de fin du monde, d'y trouver du travail, d'y être heureux. Les gens partaient un à un, puis par familles entières. Ils abandonnaient leurs maisons vétustes, le pain dur, et s'en allaient dans l'obscurité. Ils prenaient des trains ou des paquebots, émigraient vers la France ou l'Amérique, et laissaient la montagne inconsolée. Mais ce que la fable ne disait pas, c'est que la montagne était une géante qui pouvait tuer quelquefois.

« J'avais trois frères, Bruno, Sandro et Nicola. La Sila est recouverte d'une immense forêt de sapins, de châtaigniers, d'aulnes, de chênes. Ils y travaillaient comme bûcherons. Tous les trois. Ils avaient toujours travaillé ensemble. Ils travaillaient bien. Un jour pourtant, au cours de l'abattage, quelque chose s'était mal passé. Bruno avait donné le premier coup de hache. Après l'entaille, l'arbre s'était fendu et avait basculé, mais pas dans la direction voulue. Sandro se trouvait sur sa trajectoire. Il est mort écrasé. Sandro, c'était le frère que je préférais, le plus doux, le plus gentil, celui qui m'aimait, celui qui, contrairement aux deux autres, ne se faisait jamais servir.

« J'en ai voulu terriblement à Bruno. Malgré moi, je le tenais pour responsable de la mort de Sandro. Je ne pouvais pas m'empêcher de me souvenir de ses sarcasmes quand Sandro avait un rendez-vous amoureux, parce que Sandro, c'était le plus beau aussi, celui qui plaisait tant aux filles. Bruno l'enviait et le raillait. Il se plantait à côté de lui devant le miroir et imitait ses gestes : se coiffer, lisser son costume. J'avais du mal à le regarder dans les yeux désormais. Alors j'ai senti que je devais m'éloigner de cette colère, et de la douleur aussi. Un jour, je me suis levée comme d'habitude. Il faisait très chaud. J'ai regardé par la fenêtre : les vieilles assises devant leur porte, l'horizon désert. J'ai levé les yeux sur la montagne et mon cœur s'est révolté. Quand, à midi, Lorenzo est rentré, j'ai posé le fromage sur la table, le jambon, les olives, et j'ai parlé. Je ne me suis pas assise. J'ai parlé debout. J'ai dit que je voulais partir. Il m'a regardée comme si j'avais perdu la tête. Je me suis tue. Mais je suis patiente. Je lui en ai reparlé le lendemain et les jours suivants. Je lui disais qu'on n'était pas plus bêtes que les autres, qu'on pouvait partir nous aussi, avoir une maison décente, un avenir. Je parlais d'argent, de confort, mais je pensais aussi à la liberté, à l'absence de regards, de jugement. Je pensais aux enfants qu'on aurait. Je ne voulais pas les voir grandir dans cette terre cruelle et sans avenir. J'étais allée à l'école, j'avais cette certitude que la vie serait meilleure ailleurs. Mais je n'étais jamais sortie du village. Je ne connaissais que la montagne, je n'avais jamais vu la mer, si proche pourtant. La mer, je l'ai vue ici, avec Lorenzo, juste avant la naissance des jumeaux, mais pas la Méditerranée, la Manche. Des amis nous avaient amenés dans la Baie de Somme. C'était beau, mais je ne m'attendais pas à tout ce gris. Je n'avais jamais vu de villes non plus. J'avais fait comme les autres femmes. J'avais obéi à mes frères. J'avais appris à coudre, à broder, à tisser. Puis je m'étais mariée. Lorenzo est un homme intelligent et sensible. Il a compris ma tristesse et ma révolte. Plusieurs mois plus tard, il est parti avec des hommes du pays. J'ai souffert de son absence, je ne l'ai pas vu pendant un an. Mais la chaleur, la poussière, la forêt meurtrière n'étaient plus que provisoires. Tôt ou tard, je le rejoindrais. Et je chantais silencieusement en montant aux lavoirs, en pétrissant le pain. La vie s'était mise en mouvement, tu comprends ? » Tu comprenais confusément. Tu comprendrais plus tard. Mais jamais personne ne t'avait parlé ainsi, ne t'avait accordé une telle confiance.

Quand la voix de Teresa devenait souffle clair et son accent, une volée de cailloux, tu entendais le vent de septembre descendre dans les ruelles. Tu l'entendais s'engouffrer sous les arches, fouiller dans les coins, dévaler les pentes, faire rouler les pierres. Tu l'entendais frapper contre la porte de Teresa. Oui, une nuit, la montagne pleurait parce que c'était Teresa qui partait. Il était quatre heures. Dans la rue, tout le monde était là, les voisins, les amis, même les ennemis, ceux qui jalousaient sans raison, épiaient, toisaient. Il y avait aussi des enfants, les yeux gonflés de sommeil. Teresa avait ouvert la porte. Le ciel bruissait de recommandations échangées à voix basse pour ne pas troubler la nuit, pour qu'elle ne sache rien du départ. Seul le vent parlait fort. Il trépignait et protestait, mais Nicolino, le fils du voisin, faisait vrombir la moto. On y chargerait les bagages. Teresa, accompagnée de quelques proches, irait à pied jusqu'à la place où partait l'autocar qui l'emmènerait à la gare ferroviaire. Elle y rejoindrait Maria et ses quatre garçons qui feraient le voyage avec elle. On serrait la jeune femme dans ses bras, elle avait un mot pour chacun, pour les amis et même les ennemis, pour les frères arrogants, elle n'avait pas de rancune. Sans un regard pour la géante aux larmes de crocodile, elle s'avançait dans les ruelles tortueuses. Elle avait conscience que son corps s'y engouffrait pour la dernière fois. Elle passait devant l'église, devant les lavoirs, mais elle ne tournait pas la tête. Elle était née dans ce village, mais son cœur n'y avait jamais pris racine. Quand le jour se lèverait, elle serait dans un train qui partirait vers le nord. Le soleil glisserait sur la cime des châtaigniers et dans le ciel immobile son nom s'envolerait.

6

Quand Teresa racontait, ton cœur se gonflait et s'élargissait. Il contenait toutes sortes de savoirs. Il parlait une autre langue. Il connaissait le goût des olives et du jambon, celui de la chaleur. Tu devenais toi aussi d'ailleurs. Un gamin aux genoux écorchés, courant dans des ruelles imaginaires, brûlé par l'été. Et tu avais pour cette femme une tendresse plus grande encore, un amour qui venait de loin, très loin, un amour bruissant qui t'étourdissait et te submergeait. Teresa t'offrait un monde insoupçonné et pourtant rien ne t'étonnait, comme si elle portait en elle toutes les vies possibles. Et toutes ces vies étaient amples et déterminées. Elle aurait pu venir de n'importe où, être tombée du ciel, avoir traversé la mer sur un radeau, elle aurait pu faire tout cela, comme cette héroïne tranquille qu'elle était pour toi. La réalité, c'est qu'elle avait pris un train, traversé deux nuits. Pour tromper l'ennui, elle avait sucé des bonbons à la menthe. Elle partageait le compartiment avec Maria et ses garçons. Deux femmes et quatre enfants habitués à l'inconfort. Les femmes parlaient des maris qui les attendaient là-bas. Elles n'avaient pas peur de cette vie, elles n'en savaient rien. Les enfants ne tenaient pas en place, ils pleurnichaient, ils avaient faim, le voyage leur semblait interminable. Quand ils étaient arrivés enfin, quand ils étaient descendus sur le quai, Teresa avait cherché le visage, la silhouette de Lorenzo. Il y avait tant de monde, elle avait le cœur qui battait, elle avait peur. Puis elle avait senti des bras l'enserrer et sa tension s'était relâchée. « Car il ne suffit pas de partir, disait Teresa, il faut arriver. Il faut que celui qu'on attend nous attende, que les yeux se rencontrent, que les bras s'ouvrent. Sinon, tout nous semble tellement étrange, tellement effrayant, qu'on repartirait tout de suite. » Quand elle en venait à cette étape de son récit, Teresa s'arrêtait, devenait rêveuse. Tu attendais. Bientôt, elle parlerait du mur. Le mur qu'il fallait franchir quand on avait quitté son pays pour un autre. Ce mur, c'était celui qui vous séparait de la beauté. Sans beauté, on n'est pas chez soi. Teresa ne l'avait pas trouvée tout de suite, cette beauté. Il y avait eu le froid, le gris qu'elle avait repoussés à force d'optimisme, de fleurs, de nappes brodées de motifs colorés, puis la langue étrangère, l'hostilité des autres, la solitude. « Le mur se franchit lentement, par de toutes petites choses qui finissent par former des attaches. On a des voisins, on parle au boulanger. On n'est plus anonyme, on n'est plus invisible. Mais c'est avec Jean-Baptiste et Mario que

Lorenzo et moi, on s'est enracinés. Quand les jumeaux sont nés, Lorenzo a tant pleuré qu'on a failli le garder à l'hôpital. Je le regardais, désemparée. Est-ce qu'il était déçu ? Est-ce que deux enfants, c'était trop ? Est-ce qu'il aurait voulu une fille ? Il secouait la tête en sanglotant. Non, non. Il se tenait la poitrine. C'était là, à l'intérieur, et c'était indicible. Il était submergé de sanglots et je ne savais pas comment le consoler. Je le voyais devenir tout petit dans l'immensité de sa joie et de sa douleur. Puis j'ai compris. C'était la fin d'une traversée. De longues années d'essais, d'espoirs, d'incertitudes. Nous y étions arrivés. Nous étions maintenant de ce pays. Nous y avions une famille, nous y aurions une histoire. » Elle se taisait un moment, puis reprenait : « Mais le mur ne se détruit jamais tout à fait, tu sais. Il reste toujours quelques pierres ici et là. Quelquefois, on a même l'impression qu'il s'en érige un autre. Quand on est arrivés dans le quartier, il a presque fallu tout recommencer. » Teresa ne le disait pas, mais tu savais que ces murs-là étaient érigés par des gens comme ta mère. Ta mère qui changeait de trottoir quand elle apercevait Teresa dans la rue, qui ne la saluait pas quand elles se croisaient dans l'escalier et qu'elle n'avait jamais songé à inviter en retour. Mais qu'auraient donc fait Teresa et son corps joyeux dans la salle à manger aux chaises aussi dures qu'un cœur de pierre ? Teresa était une fête.

Mais tu étais content parce que, dans ce mur, Teresa avait trouvé une brèche et qu'elle était arrivée jusqu'à toi.

7

Grâce aux jumeaux, Teresa s'était fait des amis dans le voisinage. Des mères qui, comme elle, attendaient leurs enfants à la sortie de l'école. Le dimanche après-midi, il y avait souvent du monde dans la cuisine. Tu jouais dans la chambre des jumeaux, avec les enfants de ces mères. Jean-Baptiste sortait toute sa panoplie d'albums à colorier et tu tentais d'y intéresser les jeunes visiteurs, mais ceux-ci préféraient invariablement la collection de petites voitures de Mario. En quelques minutes, la chambre entière devenait une piste automobile périlleuse où se mêlaient carambolages, cris, pleurs et accidents divers. Même Mario en avait assez. Heureusement, par la porte ouverte, tu jetais régulièrement un coup d'œil dans la cuisine pour suivre les mouvements de Teresa. Pendant les premières années de ta vie auprès d'elle, tu ne l'as pas quittée des yeux. Quoi que tu fasses, il fallait qu'à un moment donné tu la regardes, que tu t'assures de sa présence, comme si tu doutais encore de ce miracle. Tu la voyais rire, distribuer des biscuits à la cuillère, servir du marsala. Un jour, elle t'avait laissé tremper tes lèvres dans son verre : ça sentait l'amande et le velours. Lorenzo, habillé avec élégance, parlait avec les maris. Il était détendu et joyeux. Il racontait des blagues. Tu avais du mal à le reconnaître. En fin d'après-midi, les adultes faisaient des parties de rami qui n'en finissaient pas, en prononçant de rares paroles sibyllines – Pioche dans le talon, je me défausse –, et tu avais hâte que tout le monde s'en aille parce que jouer avec ces enfants turbulents et pleurnichards te pesait. Tu étais malgré tout resté un peu solitaire. Ton monde tournait autour des Zapelli et ce monde te suffisait.

Tu préférais les jours de semaine quand c'était des jeunes femmes qui venaient pour la couture. Elles entraient gaiement dans la cuisine, elles apportaient du tissu, du fil, de la doublure et discutaient des modèles qu'elles désiraient. Puis elles revenaient pour l'essayage, s'éclipsaient dans la chambre de Teresa, en ressortaient avec une robe, une jupe, un chemisier et s'admiraient devant le miroir de l'entrée. Pendant que Teresa raccourcissait un ourlet ou reprenait une manche, elles te regardaient malicieusement, heureuses de leur corps dans ces nouveaux vêtements. Tu faisais mine d'être occupé à faire tes devoirs, mais tu ne perdais rien de ce spectacle qui te plaisait beaucoup.

Au cours de ces séances, Teresa parlait un drôle de langage : piqué, troussis, surjet, poignets mousquetaires, passepoil. Est-ce qu'on faisait la guerre ? Les visiteuses parties, tu interrogeais. Les gestes riants de

Teresa éclairaient ce nouveau vocabulaire. Les mots devenus limpides baissaient alors les armes et exécutaient une petite danse coquine, comme celle des jeunes femmes qui faisaient voler leur jupe devant le miroir. Il y avait aussi : découper un patron, faire un point de bâti, faufiler, surfiler, passer le tissu entre les griffes et le pied de biche de la machine à coudre, remplacer le fil de la canette. Tu étais bien dans tous ces mots, dans tous ces fils, comme dans un nid chaud et sûr. Tu les emportais dans ta chambre, les glissais sous tes draps et tu t'endormais, cousu, lié, serré.

8

Teresa tricotait aussi. À l'approche de l'hiver, elle confectionnait pour Jean-Baptiste et Mario des pulls côtelés au point de riz, des écharpes au point de sable, des gants au point de mousse et des bonnets en côtes torsadées. Les aiguilles cliquetaient sur cette terminologie moins belliqueuse qui protégerait les jumeaux contre le froid. Toi, tu portais des vêtements de marque qu'aucune main aimante n'avait confectionnés. Mais, un hiver, Teresa avait tricoté quelque chose pour toi.

Dès le début du mois de décembre, vous décoriez le sapin. Vous sortiez une grande boîte de chaussures pleine de boules rouges et dorées, de guirlandes et de petites bourses cousues par Teresa, où vous insériez des friandises : chocolats et mandarines. En moins d'une heure, le sapin était prêt. Pour la décoration, les jumeaux faisaient preuve d'une extraordinaire concentration. Au sommet, une des étoiles de mer que tu leur avais rapportées. Teresa plaçait les cadeaux sous le sapin plusieurs jours avant Noël. Cet hiver-là, tu avais remarqué trois paquets ronds identiques enveloppés dans du papier brillant bleu marine et soigneusement disposés côté à côte. Tu trouvais ces boules fascinantes, surtout parce qu'elles étaient trois. Quand tu passais à proximité, tu ne pouvais t'empêcher de tenter d'en percer le secret. Ce n'était pas des livres. Des boîtes de chocolats ? De jouets ? Non, l'emballage était trop mou. Tu en discutais avec les jumeaux dans leur chambre.

– C'est des ballons, disait Mario.

– Pfff... Des ballons c'est pas plat, se moquait Jean-Baptiste.

– Quand ils sont dégonflés si !

Enfin, le matin de Noël, tu étais descendu. Tu avais attendu le départ de ton père, qui même les dimanches et les jours de fête vous quittait tôt. Les jumeaux étaient déjà debout, tout excités. Teresa s'était dirigée vers l'arbre. Elle s'était baissée, elle avait saisi un des trois paquets et, se tournant vers toi en premier, te l'avait tendu ! Les mains tremblantes, tu avais accepté l'offrande. Tu te souviens de son hésitation pendant que tu déchirais le papier, comme si elle n'était pas sûre d'avoir bien fait. Le paquet contenait un magnifique bonnet bleu indigo. Cette laine, pendant que tu lisais à la table, tu l'avais vue s'arrondir, tu avais vu naître les côtes et les torsades, sans savoir que le résultat t'était destiné. Tu avais sauté au cou de Teresa. Tu étais ému. Les jumeaux avaient le même. Vous étiez semblables. Vous étiez tous les trois les enfants de Teresa. C'était pour toi le sens de ce cadeau. Plus tard, dans l'après-midi, vous étiez sortis dans la cour, vous aviez joué dans la neige. De temps en temps, tu levais les yeux vers la fenêtre de la cuisine où scintillaient de petites étoiles en papier d'argent et tu sentais la douceur de la laine glisser sur ton front. Quand vous rentreriez, il y aurait des bougies sur la table et la bonne odeur des gâteaux qui cuisaient dans le four. Et tandis que les jumeaux tournaient autour de toi comme de petites toupies de laine, tu étais au centre d'un bonheur invincible.

Ce soir-là, avant que tu remontes, Teresa t'avait dit que tu pouvais laisser le bonnet chez elle, que tu le reprendrais le lendemain. Mais tu ne voulais pas t'en séparer. Tu l'avais emporté et placé près de toi sur ton oreiller. Il était légèrement humide, il sentait encore la neige. Tu l'avais porté toute la journée du lendemain. Mais le matin suivant, tu ne l'avais plus retrouvé. Tu avais retourné ton lit, regardé en dessous, fouillé dans tous tes vêtements. Tu avais cherché partout dans ta chambre. Puis tu t'étais assis, tremblant de colère. Tu avais alors ressenti pour ta mère une haine sourde. Et parce que tu ne voulais pas la haïr tout à fait, tu avais décidé ce jour-là que cette femme, déjà si lointaine, te serait désormais totalement étrangère.

Quand tu avais retrouvé Teresa, elle avait compris tout de suite. Tu t'étais blotti contre elle et, tandis qu'elle te caressait les cheveux, tu avais ressenti une immense tristesse. Tu aurais aimé savoir pourquoi les choses étaient ainsi, pourquoi ta mère t'aimait si peu. Mais tu n'avais rien dit parce que c'était trop douloureux et parce que tu ne savais pas poser ce genre de questions. Au bout d'un long moment, en resserrant son étreinte, Teresa avait murmuré : « Tu sais, il y a des gens qui portent un mur en eux. » C'était la seule fois qu'elle s'était permis une remarque, sans doute parce qu'elle avait mal elle aussi. Et cette phrase, tu y repenseras. Tu y repenseras bien plus tard, quand c'est en toi que s'élèvera un mur. Mais tu ne sais rien encore, tu n'as que dix ans. Tu ne sais que la présence de Teresa qui éteint toutes les tristesses.

9

C'était à la fin du même hiver. Vous aviez accroché des ballons multicolores à la poignée de la porte et sur la rampe de l'escalier. Le lendemain, on fêterait l'anniversaire des jumeaux. Cette année-là, le printemps était arrivé tôt. En mars, il faisait déjà si doux que Teresa avait décidé d'organiser la fête dans la cour. Vous aviez sorti quelques chaises, déterminé le périmètre, et Jean-Baptiste avait suspendu un ballon en forme de tête de chat à la première branche du marronnier. Tandis que tu le surveillais, tu avais aperçu une ombre derrière les rideaux du dernier étage : le reflet noir du monde de ta mère. Tout était prêt. Les noms des petits invités avaient été dessinés avec patience sur de petits cartons. Tartes, gâteaux, chaussons et clafoutis avaient cuit dans le four. Les confettis, les serpentins, les chapeaux et les sifflets attendaient sur le buffet. Le lendemain, tu dresserais la table avec Teresa.

Ce matin-là, tu avais été réveillé par le départ de ton père. Tu avais entendu la porte se refermer, puis le silence retomber dans l'appartement. Mais tu avais somnolé encore un peu tandis que le jour poussait sur ta fenêtre. La lumière qui filtrait dans ta chambre était douce, la journée serait belle. Les enfants gambaderaient dans la cour comme des farfadets gorgés de sucre. Tu t'étais enfin levé et habillé. Quand tu étais entré dans la cuisine, tu savais déjà. Ton cerveau avait déjà enregistré que la clé n'était pas dans la serrure. Tu t'étais approché de la porte d'entrée, tu avais tourné la poignée. La porte était verrouillée. Curieusement, tu ne t'étais pas méfié ce matin-là. Tu t'étais immobilisé, l'oreille aux aguets. Pas un bruit. Mais ta mère était là. Tu sentais sa présence dans l'appartement. Il y avait quelque chose de rugueux dans le silence, quelque chose de rampant. Tu te souviens de ton calme. Ce que tu redoutais depuis si longtemps, c'était maintenant, tu ne pouvais plus en avoir peur. Tu te souviens aussi de ta résolution. Pas une seconde, tu n'avais songé à accepter, à laisser faire. Teresa t'attendait. Tu la rejoindrais. La table serait dressée. Tu y poserais les gâteaux. Tu servirais les boissons. La nappe en papier serait froissée et salie. Les chapeaux seraient arrachés, les vêtements, maculés. La fête ne se déroulerait pas sans toi. Tu t'étais engagé dans le couloir. Tu avais marché en direction de la chambre de ta mère. Tu te demandes aujourd'hui encore comment tu en as trouvé le courage. Mais tu étais sans pensées. Tu n'étais que mouvement. Propulsé malgré toi. Tu avais passé trop d'heures dans l'escalier, tu avais trop craint, trop appréhendé, tu avais trop pleuré la disparition de ton bonnet. Au bout du couloir, tu t'étais arrêté. Sans aucune hésitation, dans un mouvement qui te dépassait, un mouvement plus grand que toi, tu avais ouvert la porte. Elle devait guetter ton pas, car elle était debout au milieu de la pièce, le corps tordu, comme un animal craintif, saisi, immobilisé dans la nuit, si étonnée que tu te permettes cela, n'en croyant pas ses yeux, et mesurant pourtant qu'une distance avait été franchie, que là désormais quelque chose s'achevait. Et tu étais entré dans la chambre comme si tu en avais eu le droit, comme si rien ne t'écœurait de cette odeur de malheur et de hargne. Semblais-tu menaçant ? Elle avait eu un bref mouvement de recul. Dans son regard était passée une frayeur qui te semblait ancienne. Tu t'étais avancé. Tu avais allongé la main sans un mot, tu n'en avais pas pour elle. Sans te regarder, d'une poche de sa robe informe, elle avait sorti la clé. Elle ne te l'avait pas tendue. Elle l'avait laissée tomber. Tu t'étais baissé, tu l'avais ramassée. Une longue période amère venait de prendre fin.

10

Des années qui avaient suivi, tu gardes l'impression d'une densité. Tout était devenu plus solide, plus profond. Sans beauté, on n'est pas chez soi, disait Teresa, et elle t'avait donné une maison. Une maison ouverte où tu pouvais aller et venir. Tu ne frappais plus à la porte, tu n'attendais plus, les matins d'été, qu'elle t'ouvre et te sourie. Tu entrais simplement, et ce passage d'un état à un autre que tu ressentais auparavant avec tant d'acuité était moins marqué parce que la maison de Teresa était devenue ta seule maison. Tu y avais une assise, un cœur sur lequel t'appuyer. Tout ce qui était important se vivait là. Tu dormais simplement à l'étage au-dessus. Maintenant, tu grandissais tranquillement, sans craintes et sans questions, dans un monde qui n'était pas celui de tes parents, mais qui était désormais totalement le tien. Comme il était totalement tien, tu n'avais plus peur des ombres que tu trouverais à l'étage. Ton père absent, ta mère muette et butée, trompant sa solitude devant un magazine ou une lettre qu'elle écrivait à ses parents. Toi, tes jours étaient pleins. Ils avaient un rythme. Le matin, tu passais prendre les jumeaux pour aller à l'école, et c'était toi qui les attendais à la sortie. Quand ils couraient dans ta direction, échevelés et rieurs, tu éprouvais pour eux une tendresse infinie. Ils avaient grandi et vous partagiez maintenant des secrets. Les quelques années qui vous séparaient se résorbaient. Un jour, pensais-tu, vous seriez totalement frères. Vous auriez la même taille et les mêmes préoccupations. Vous seriez une même force. Le bonheur, c'était pour toi cette épaisseur du temps, cette certitude où tu t'enracinais. Mais tu étais encore le plus grand et tu prenais soin d'eux. Tu les aidais à faire leurs devoirs et, quand tu avais fini ton propre travail, tu leur lisais *L'enfant et la rivière*. Ils n'écoutaient pas très longtemps, il était difficile de les immobiliser plus d'une vingtaine de minutes, mais ils le faisaient avec une attention appliquée en ouvrant la bouche, comme des hirondelles happant les insectes au cours d'un vol migratoire. En lisant pour eux, tu avais pris goût à la lecture, mais c'est avec Teresa qu'elle allait devenir une passion. Car Teresa les écoutait aussi, ces histoires. À plusieurs reprises, quand les jumeaux s'étaient lassés, elle t'avait demandé de continuer. La première fois, tu l'avais fait timidement, mais elle t'avait encouragé, et lire avait tout à coup présenté beaucoup plus d'intérêt. Le déplacement s'était fait en douceur. Bientôt tu avais choisi tes livres en fonction de Teresa. À la bibliothèque de l'école, tu empruntais des romans d'aventures parce que tu pensais qu'ils lui plairaient, tu la voyais toujours comme une héroïne. Quand les jumeaux étaient occupés avec eux-mêmes, tu approchais ta chaise, et ce geste que tu avais fait tant de fois se chargeait d'un sens nouveau. Teresa n'abandonnait pas son travail, mais ses mouvements devenaient plus lents. Elle penchait la tête. Elle écoutait avec tout son corps. Tu avais alors le sentiment exaltant de lui offrir la joie intense que tu éprouvais quand c'était elle qui racontait. Et tu étais si plein d'entrain, si présent, qu'au bout du compte c'était encore elle qui te donnait quelque chose.

Tu lisais des histoires de marins, de pirates, de corsaires. Harvey Cheyne, jeune héritier antipathique, tombait accidentellement à la mer, était recueilli par une goélette de pêcheurs et, devenu mousse par la force des choses, découvrait l'univers implacable des capitaines courageux. Teresa reprisait, tricotait, écoutait. Sur une nappe blanche, elle brodait des iris et des chardons. C'étaient des soirs d'été, toutes fenêtres ouvertes, des jours de pluie où la cuisine devenait ardoise. Les histoires se mêlaient à la légèreté de l'air, aux rires des enfants au loin, au tambourinement des gouttes sur les vitres. Elles s'imprégnaient de l'odeur de la cuisine – ail, tomates, épices, pâtisserie –, de la lumière nette ou diffuse, de l'épaisseur du livre, de la douceur de ses pages. Elles aspiraient toutes ces particules de temps, s'élevaient et vous revenaient plus denses, plus mystérieuses, augmentées de votre plaisir et de la qualité de l'instant. Quelquefois, il neigeait, et alors tout, odeur, couleur, lumière, se fondait en une unité magique, transparente, singulière, et les mots s'échappaient, virevoltaient et se posaient sur tes lèvres comme des flocons de joie. Tu levais la tête. Teresa te souriait. Tu revenais au livre. Aujourd'hui encore, tu n'éprouves pas de plus grand plaisir que de lire un jour de neige. Et ce plaisir est fait de ces jours inestimables où tu te voyais lire devant Teresa, dans l'enveloppe d'un temps qui ne devait pas finir.

11

Cet été-là, tu allais t'absenter pendant deux mois. Ta mère en avait décidé ainsi. En août, tu séjournerais à Lyon, chez tes grands-parents paternels, que tu ne voyais pas souvent et qui t'avaient réclamé. Et exceptionnellement, c'est en juillet que tu irais avec ta mère au Grau-du-Roi. Tu avais su tout cela quelques jours avant ton départ. Tu en avais été révolté. Tu t'étais tellement éloigné de ta mère que tu ne comprenais pas le sens de ce voyage. Mais tu avais obéi. Tu passerais tout l'été loin des Zapelli.

Cet été-là, de toutes tes forces tu as voulu l'oublier. Dans ta mémoire, tu en avais empilé tous les événements et tu avais fermé à double tour. Mais il est temps maintenant. Il est temps d'ouvrir la porte et de t'avancer sur le seuil. Tout est là, intouché, comme au jour de ton départ. Le livre sur le buffet de la cuisine, que tu confiais à Teresa parce que tu ne voulais pas le finir sans elle. La nappe aux cerises et aux citrons avec les reliefs du petit-déjeuner. L'odeur familière. La fenêtre ouverte sur le ciel bleu. Puis la scène s'anime. Une légère brise fait bouger les rideaux. La radio joue en sourdine. Les jumeaux se chamaillent dans leur chambre.

Toi, tu es debout devant Teresa. Tu portes des vêtements neufs. Teresa ouvre les bras. Tu vois son geste se démultiplier. Tu es maintenant contre elle. Elle a son odeur d'été. Elle te serre. Tu la respires longuement. Puis tu t'en détaches. Les jumeaux sont à présent près de vous. Ils t'embrassent et tu vois qu'ils sont grands. Dans le soleil de l'escalier, tu te retournes. Tous trois te sourient, te font un signe de la main. Tu laisses tout ainsi, dans son ordre immuable. Déchiré, mais sûr de ton retour, convaincu de la pérennité des choses.

Cet été-là, tu as touché une peau de serpent. Rien ne s'est passé comme prévu. Dans la maison du Grau-du-Roi, ta détresse est si grande que tu en es comme engourdi. Contre l'aridité, tu n'as plus de garde-fou. Tu n'as plus de refuge. Tu ne peux plus descendre les escaliers et ouvrir la porte d'un monde salvateur. Tu es exposé au dessèchement. Tu suis ta mère à la plage sans opposer de résistance. Elle installe le parasol et s'allonge sur un transat, absente à tout, à toi, au soleil, à la mer. Ce qui la pousse à venir là, à quitter l'appartement de Chartres, à passer d'une indifférence à une autre, est pour toi une énigme. Vous n'échangez pas un mot. Tu as apporté des livres, mais lire c'est Teresa. Alors, tu quittes la plage. Tu marches jusqu'au port. Tu passes devant les commerces, les restaurants et les cafés. Tu entres dans les magasins de souvenirs. Dans ce foisonnement d'objets bigarrés, de ballons, de raquettes, de coquillages, tu choisis déjà ce que tu rapporteras à Teresa et aux jumeaux : une boule de verre avec un motif de campanules, deux cerfs-volants en forme de goéland. Puis tu t'assois sur un rocher. Tu regardes les bateaux, les baigneurs. Pour Teresa, il y aura le soleil qui se lève sur la mer quand tu sors de la maison, la douceur du sable sous tes pieds, ta promenade sur le port, les familles riantes sur les terrasses, la course des voiliers, les vendeurs de beignets sur la plage, la géométrie polychrome des serviettes. Toutes ces images sont pour elle. Chaque jour, tu t'assois sur un nouveau rocher, tu changes d'horizon, de perspective. Tu emmagasines d'autres couleurs, d'autres bruits. Tu veux des souvenirs vivants. Le port est devenu ton asile. Appuyé contre les autres, tu oublies que tu es seul. Mais tu sais tout ce que ta solitude a d'anormal. Il y a longtemps, tu ne t'étonnais de rien. Ni du silence, ni de l'absence de gestes, ni de la rugosité de tes grands-parents, ni des repas que tu prenais en tête à tête avec ta mère. Tu n'avais pas d'éléments de comparaison. Mais tu n'es plus un petit garçon carencé de mots et de gestes. Tu es conscient et tu te poses des questions. Pourquoi ton père ne vous accompagne-t-il jamais ? Avec qui passe-t-il ses vacances ? Est-ce avec cette femme rousse avec qui tu l'as aperçu un après-midi à l'entrée d'un cinéma ? Elle se tenait si près de lui, bien plus jeune, bien plus belle que ta mère. Pourquoi ta mère est-elle ce qu'elle est ? Sans attrait, sans vigueur, sans élégance. Sans clémence. Parce que ton père préfère les femmes rousses ? Pourquoi tes grands-parents ne vous attendent-ils pas pour dîner ? Vous ne rentrez pas si tard pourtant. Tu aimerais tant trouver une cuisine qui embaume, des grands-parents accueillants qui te demanderaient si tu t'es amusé à la plage. Pourquoi ce silence de fossile ? Pourquoi n'êtes-vous pas une famille comme les autres ? Ces questions t'oppressent, mais à qui les poser ? Tu n'as pas d'interlocuteurs.

Un matin, tu es réveillé par des éclats de voix. C'est si inhabituel que tu te redresses en sursaut. Ton cœur bat à tout rompre. Tu tends l'oreille. C'est de nouveau le silence, mais tu sais que tu n'as pas rêvé. Tu te lèves sans bruit et, pieds nus, tu traverses le couloir jusqu'à la cuisine. Là, il y a ta mère, assise à la table, tête baissée. Ta grand-mère est debout près d'elle dans une attitude menaçante. Tu jurerais qu'elle vient de lui donner une gifle. C'est comme si le geste était encore inscrit dans l'espace. Tu es si effrayé que tu cours jusqu'à ta chambre et t'enfouis sous les couvertures. Tu trembles de tous tes membres. Tu es totalement déboussolé. Tu ne comprends pas ce qui vient de se passer, pourtant tu en saisis confusément la portée. Cette image de ta mère comme une petite fille prise en défaut n'est pas dans l'ordre des choses. Il y a là une distorsion, une transgression, une violence inouïe. Et pour la première fois, tu éprouves pour cette femme humiliée une sorte de compassion. Cette scène dont tu as été témoin, et que malgré tous tes efforts tu ne pourras jamais oublier vraiment, te meurtrit. Lorsque tu te lèves enfin ce matin-là, dans la cuisine c'est comme si rien n'avait eu lieu, mais tu t'approches de ta mère et tu la regardes. Tu voudrais pouvoir la consoler. Dans ses yeux vides passe d'abord une lueur d'étonnement, puis comme un regret. Elle lève le bras et, dans un mouvement épuisé, effleure ton épaule. A-t-elle eu conscience de ta présence dans la cuisine ? Tu ne le sauras jamais. Tu restes immobile, tes yeux dans les siens, tendu vers elle, attentif. Mais elle se détourne, impuissante, et il ne se passe rien. Pourtant, pour toi, quelque chose a changé. Une inquiétude est entrée dans ton cœur. Quand vous retournez à la plage, cette mère n'est plus une femme indifférente et dure, c'est un être blessé.

Tu ne retournes plus au port. Tu passes les derniers jours à surveiller ta mère. Tu te lèves tôt. Tu ne dors plus que d'un œil. Tu la vois s'asseoir à la table de la cuisine, le corps sec, les gestes atrophiés. Ta grand-mère lave des légumes et vous tourne le dos, hostile. Cette grand-mère, tu ne peux plus la supporter, sa présence te révulse. Vous marchez jusqu'à la plage. Ta mère installe le parasol, épuisée déjà, tellement repliée sur elle-même qu'elle en est presque invisible, puis elle se laisse tomber sur le transat et ferme enfin les yeux, tire enfin le rideau sur ce temps abrupt et vain. Ensuite vous êtes sur le quai de la gare. Elle rentre à Chartres. Tu t'arrêteras à Lyon. Dans le train, tu espères un échange, quelques mots. Mais vous êtes redevenus des étrangers.

De ton séjour à Lyon, tu n'as plus que des images floues. Tes grands-parents à la gare que tu peines à reconnaître, alertes, dynamiques, chaleureux. Ta mère qui ne descend pas sur le quai pour les saluer. Une maison cossue, un jardin. Des cousins que tu n'as jamais vus. Des jeux de ballon, des barbecues, des promenades dans la ville. Beaucoup de gens, des voisins, des amis. Beaucoup de bruit, de paroles. Mais pas de questions. Une indifférence cordiale. On n'évoque jamais ton père, encore moins ta mère. Sur les meubles du salon, il y a des photos. Aucune de lui, aucune d'elle et de lui. Une de toi, tout seul, comme si tu n'étais né de personne. Pendant ce mois étrange, tu oscilles entre un sentiment d'appartenance et un immense décalage. Tu es dans ta vraie famille, mais elle est comme effrangée, délacée. Il n'y a pas de véritable lien, pas de pont. Entre l'immobilité de ton séjour chez tes grands-parents maternels et ces activités tous azimuts, tu es seul. C'est une solitude inverse et c'est la même solitude. Fils et petits-fils de déficients mutiques. Tous les soirs, dans la chambre que tu partages avec tes cousins, perclus d'attente et de fatigue, tu penses aux Zapelli. Et comme tu évoques

Teresa, il te vient cette image qui te fait sourire et t'apaise : ce que tu vis ici, ce sont des moments faufilés. Il n'y aura pas de couture définitive. Le vêtement n'aura pas de forme. Celui qui a été cousu pour toi, celui qui te va, est ailleurs. C'est un habit solide et souple, avec des poignets mousquetaires, un habit de héros fait de paroles aimantes, un habit pour vivre de passionnantes aventures.

12

Tu rentres enfin. Tu dévales les escaliers, un sac de plastique à la main. Il y a la boule de verre pour Teresa, les cerfs-volants pour les jumeaux. Tu es encore tout ensommeillé, car tu es rentré dans la nuit. Tu as voyagé seul pour la première fois, mais tout à la joie de ton retour, tu n'as pas été inquiet. Tu frappes doucement. Après ces longues semaines, tu n'oses pas entrer directement. Silence. Tu frappes une deuxième fois, plus fort. Et tu sais déjà qu'il y a quelque chose qui ne va pas. Tu entends des pas, mais ce ne sont pas les pas familiers. L'homme qui apparaît sur le seuil t'est inconnu. Tu demandes toutefois à voir Teresa. Elle n'est plus là, ni Jean-Baptiste, ni Mario, ni Lorenzo. Les Zapelli sont partis. Où ? L'homme ne le sait pas. Il referme doucement la porte. Tu t'assieds dans l'escalier, tu déposes devant toi le sac et ses trésors désormais inutiles. Ta vie vient d'être coupée en deux.

C'est en août que les Zapelli ont subitement quitté la ville. C'est ce que t'apprend ta mère, qui savait et qui t'a laissé descendre sans rien dire. Tu imagines que Teresa et les jumeaux ont eu une pensée pour toi, qu'ils l'ont chargée de t'embrasser ou de te dire au revoir, qu'ils ont laissé une adresse. Mais s'il y a eu un message, elle ne te le délivrera pas. Tu attends longtemps une lettre, un signe, quelque chose qui infirmerait ce savoir nouveau, ce savoir atroce, que du jour au lendemain tout peut disparaître. Tu espères longtemps un démenti à l'oubli. Tu demandes partout autour de toi, mais personne ne peut te renseigner. Chaque nuit, tourmenté de questions, tu t'épuises à former des scénarios, à repasser dans ta mémoire les moments qui ont précédé ton départ. Mais tu ne trouves rien. Rien ne peut t'apaiser. Pendant des semaines, prostré dans l'escalier, tu attends dans le vide. Tu perçois encore la vie derrière la porte, les appels de Teresa, les pas des jumeaux qui montent en courant, comme la douleur d'un membre fantôme.

Ton enfance s'arrête là. Tu as treize ans. Tes jambes s'allongent, tes bras sont démesurés. Ton corps a enregistré le choc. Tu pousses n'importe comment. Privé de ton fanal rassurant, tu dérives. Tu es livré à un monde hostile, à des jours nus, inutiles. La vie de tes parents t'apparaît dans toute sa vacuité. Ton père n'est jamais là, les lèvres de ta mère s'assèchent jusqu'à disparaître. Tu ne peux plus fuir l'appartement lugubre, les rideaux de velours bordeaux, les nuques raides, les repas silencieux. L'escalier est mort. Les odeurs d'huile d'olive, d'ail et de pâtisserie ont disparu. Le monde s'est rétracté. Comme si les années de ton enfance tenaient dans un sac que les Zapelli ont emporté avec eux, avec les histoires de la montagne, les matins d'été, l'habit aux poignets mousquetaires. Tu voudrais hurler. Tu t'enfermes dans ta chambre. Tu ouvres la bouche, cherchant le cri, le chaos. Mais tu n'as jamais su élever la voix. Divisée à ce point, ta vie devient intenable. Tu tombes malade.

Tu restes alité pendant plusieurs semaines. Sur ta peau, les mains froides d'un médecin. Au-dessus de toi, des chuchotements, des questions, un diagnostic hâtif : « mononucléose ». Tu te souviens d'une consolation. À ton délire, aux cris qui te libèrent, succède un relâchement inconnu. Recroquevillé sous tes draps trempés de ta sueur, tu laisses courir le monde, apaisé qu'il ne te concerne plus. Pendant ta maladie, ta mère est à ton chevet. Tu ne la reconnais pas. Tu crois discerner le sourire bienveillant de Teresa, tu appelles sa voix, sa présence, puis son image se brouille, disparaît, revient sous une autre forme. Tout devient flou, mouvant. Un matin, tu ouvres les yeux et le visage de ta mère est tout ce qu'il te reste. Pour la première fois, tu y vois de l'inquiétude et loin, loin, au fond de ses yeux pâles, quelque chose qui ressemble à de la détresse. Alors, elle ose un geste. En même temps, tout son visage s'anime. Ses lèvres se mettent à bouger. Ses yeux semblent faire une mise au point. Elle te regarde et tu sais qu'elle te voit. Elle se penche vers toi, et avec une force que tu ne lui soupçonnais pas, soulève ton buste. Elle avance le sien. Ses bras se déplacent. Et pendant que ses lèvres émettent un son plaintif, une sorte de sanglot retenu, elle fait cette chose inattendue, extravagante et totalement impensable : elle te serre dans ses bras. Est-ce cette présence soudain réelle qui te permet de guérir, cette attention, cet appel à l'aide ? Tu l'ignores. Mais à partir de ce moment-là, ton corps commence à rejeter le poison de la perte.

13

Après ta guérison, tu grandis très vite, comme si tu avais pris une décision. Ton corps trouve un aplomb. Tu marches sur un sol stable, tu respires largement. Dans le regard désormais anxieux de ta mère s'amorce un dialogue. Ton père apparaît tout à coup. Tout à coup, sa longue silhouette est visible dans le couloir. Il tire une chaise et s'assoit à la table. Dans un effort dérisoire pour se rapprocher de toi, il t'emmène un jour au cinéma. C'est toi qui choisis le film, mais tu n'en gardes aucun souvenir. Il y a seulement la présence étrangère de cet homme à tes côtés, son souffle régulier, car il s'est endormi. Tu trouves malgré tout une forme de quiétude. Tu oublies. Tu mets toute ta force dans l'oubli. À Nice, où tu passes des vacances avec tes parents, vous marchez un soir sur la Promenade. La chaleur s'est retirée et la mer au loin charrie ses vagues d'encre. Tu te retournes et tu les vois avancer à petits pas, vieillis prématurément par manque de mots et d'élans, et, désarmé, parce que tu n'as plus qu'eux, tu dis oui au monde, à son ordre, à sa logique rassurante.

Plus tard, vous déménagez. Vous quittez l'appartement du dernier étage pour une maison dans un quartier résidentiel. Les derniers souvenirs qui t'attachent aux Zapelli disparaissent. Ta vie devient autre. Tes camarades de lycée viennent, tout comme toi, de familles aisées. Leurs pères sont médecins ou avocats. Leurs mères sont élégantes et fardées. Tu es invité dans leur jardin ou sur leur terrasse, tu pars faire du ski avec eux, tu joues au tennis. Mais tu as des rêves qui ne leur ressemblent pas. Tu tentes de t'habituer à cette vie confortable et superficielle qui pourrait être la tienne, mais qui ne l'est pas tout à fait, et cela crée en toi une distorsion, comme si tu avais désormais deux visages. Tu es à la fois solitaire et liant, sérieux et inconsistant. Tu prends l'habitude de sortir avec des garçons de ta classe. Vous faites des virées en voiture. Tu te souviens des bars, des premières cigarettes, de l'envie de mal tourner. Et des premières filles aussi, du goût étrange de leurs baisers. Tu ne t'attaches pas. Rien ne te retient, il n'y a pas d'avenir. La vie s'emballe tout en restant immobile. Tu lis. Tu cherches des livres qui parlent fort : « On enterre une femme à deux heures, et à onze heures et demie, le mari est dans la cuisine. Il aime ce qui est beau. Sa femme était laide et malade, aussi n'a-t-il pas pleuré. Mais c'est aussi une mère que l'on enterre et son fils a vingt ans, et c'est tout ce qu'il a. » Tu t'y réfugies comme jadis dans l'amour de Teresa. Tu y trouves des interlocuteurs, une réponse à tes questions, un exutoire à ta rage. Tu tentes de te tenir debout, de traverser cet âge confus.

14

De ta maladie, il te reste une vulnérabilité. Tu te sens fragile, mais tu n'as pas totalement déposé les armes. Tu comprends, un été, que tu n'as pas renoncé. À quoi ? À la possibilité du courage. Cet été-là, tu vas rejoindre tes parents sur l'île de Ré. Curieusement, ils se sont fait des amis : les Clairvaux. Ils ont une fille, Élisabeth, grande, élancée, les yeux clairs, un peu plus âgée que toi. Tu sens tout de suite que tu lui plais. Tu es bien bâti, tu as l'air plus vieux que ton âge, tu fais illusion. Elle recherche ta compagnie, s'assied à côté de toi au cours des dîners que vous prenez tous ensemble sur la terrasse, semble très à l'aise avec tes parents. Tu ne sais comment agir avec elle. Tu aimerais à la fois l'éviter et être à ses côtés. Mais quand elle t'invite à aller te baigner, tu la suis sans te poser de questions. Sur la plage, tu admires son corps sain, athlétique. Elle entre tout de suite dans la mer, nage vite, loin. Tu ne peux la suivre. Tu fais quelques brasses, puis tu retournes sur le sable et tu attends. Elle sort de l'eau au bout d'un long moment, s'approche en soufflant, sûre d'elle et troublée. Avant de s'allonger sur sa serviette, elle t'éclabousse en riant. Elle ferme les yeux. Le duvet blond de son dos frémit, déjà sec, gorgé de sel. Il te semble que tu pourrais faire un geste, qu'elle ne le refuserait pas, qu'elle l'attend peut-être, qu'elle le veut. Tu vois ses yeux bouger sous ses paupières. Tu n'oses pas te pencher vers elle ou même toucher sa main. Tu as toujours été timide et gauche avec les filles. Tu ne sais pas comment t'y prendre. Tu regardes le ciel. Trop vaste pour ton manque d'audace. Élisabeth ouvre les yeux et se tourne vers toi. Son regard est sans équivoque. Ce regard te paralyse. Sous ce regard, tu ne peux pas. Tu fixes un insecte qui court tout près de ta main, un coléoptère pourpre aux élytres tachetés, et tu te demandes si c'est cela qu'on appelle une cicindèle des sables. Élisabeth semble s'impatienter, elle se détourne avec humeur. Tu as attendu trop longtemps. D'ailleurs, le soleil se cache. Vos peaux frissonnent. Elle se lève et secoue sa serviette en t'envoyant du sable dans les yeux. Tu la sens contrariée. La cicindèle s'est envolée. Vous rentrez lentement en silence, déçus.

Le lendemain, sans l'avoir décidé, vous vous retrouvez près du pin, à l'intersection des chemins qui mènent à vos maisons. Élisabeth semble ravie. Elle te sourit, radieuse. Toi aussi, tu es heureux de la voir. Vous faites une grande promenade sur la plage. Vous ne parlez pas. Tu te sens à l'étroit dans ton corps. Tu sais que tu n'as pas été à la hauteur et tu en éprouves de la gêne. Cette fois-ci, il faut que tu agisses. Alors, quand

Élisabeth s'arrête et lève les yeux sur ton visage, tu fais de ton mieux. Son regard est plus doux, presque fragile. C'est plus facile ainsi. Tu l'attires vers toi, tu penches la tête, tu poses tes lèvres sur les siennes. Le vent souffle sur les dunes, il y a une odeur de fleurs. Tu as peut-être embrassé trois filles avant elle, et ce n'est plus à la fois chaud et froid avec un goût bizarre. Tu te dis que c'est peut-être ça l'amour, quand il y a quelque chose de plus, quelque chose d'autre qui retient, qui donne envie de recommencer. Vous recommencez et tu penses que c'est une fille à qui on ne voudrait pas faire de mal, même si sa vie ressemble à la tienne, même si tous les jours sont semblables, s'exaspérant le long de la mer, dans ces tête-à-tête de sable, avec les dunes au loin, le vent et l'odeur des fleurs. Tu sens que tu bascules de nouveau. Tu es pris de vertige. Quand Élisabeth enlève sa robe au premier étage de la maison déserte, tu as l'image d'une plage, une plage qui court devant toi à l'infini, une plage sans couleurs, sans baigneurs, et tu as un pressentiment étrange, comme si la vie encore une fois t'échappait. Ce corps est pourtant chaud et doux. Il se presse contre le tien, t'attire à lui. Tu ne le refuses pas. Tu le veux aussi. Tu l'enlaces, tu t'encastres. Pour elle et pour toi, c'est la première fois. Vous refaites l'amour dans cette chambre, puis dans les dunes. Ton corps devient plus ample, plus souple. Tu trouves une forme de liberté qui, au lieu de t'attacher à Élisabeth, t'en éloigne. C'est un sentiment dont tu ne pourrais pas parler. Un savoir intime, dissimulé, sournois. Tu en es un peu honteux, mais il te donne un sentiment de puissance jamais éprouvé. Élisabeth dit qu'à la rentrée elle poursuivra ses études d'odontologie à Paris, qu'elle aura un studio, que ses parents t'apprécient, qu'elle aime beaucoup les tiens, qu'elle est heureuse de t'avoir rencontré, que c'est vraiment de belles vacances, que vous pourriez vous revoir. Tu la trouves émouvante. Tu la trouves belle aussi. Tu te dis encore une fois que c'est une fille à qui on ne voudrait pas faire de mal, mais tu as l'impression d'une menace. Et ressurgit l'image de cette plage vide et infinie, la sensation d'une contrainte. Tu n'as qu'une vague intuition de ce que tu veux de l'amour, mais cela a un rapport avec le rire, avec l'éclat, avec le lointain.

Alors, un matin, sans l'avoir prémédité, spontanément, courageusement, tu fais ce qui aujourd'hui te bouleverse et t'émeut : tu rassembles tes affaires, tu laisses sur la table un mot pour tes parents et tu pars. Tu quittes la maison trop tranquille, les haies de fleurs, la plage endormie. Tu t'échappes. Tu fuis l'avenir prévisible. Tu t'affranchis. Tu te vois encore levant ton pouce sur la route sinueuse, dans l'odeur des pins, au bord des maisons roses. Une voiture te conduit jusqu'à La Rochelle, où tu flânes un moment avant de prendre le train. Rien ne t'a jamais semblé aussi facile, aussi agréable. Tu es libre d'une liberté immense. Tu commandes un café sur le port inondé de lumière, tu souris à une fille qui passe près de toi. Tu sens dans ton corps une légèreté, un bonheur inusités. Tu te souviens avec une extrême précision de ce matin-là, de la beauté de la ville, de ses couleurs, du train où tu t'endors apaisé. De ce jeune homme résolu et confiant que tu es alors, traçant d'un refus la ligne de partage entre la vie qui l'appelle et celle qui le retient. Ce jeune homme est ton plus beau témoignage. C'est lui qui s'avance à la barre. Thomas Darcourt, fils unique de parents trop vieux, enfant miraculé par l'intercession d'une fée aux bras dodus. Tu le reconnais, il a encore quelque chose du petit garçon solitaire qui, derrière Teresa, dévalait l'escalier courant vers sa chance. Pour la deuxième fois, il a choisi son camp. Il a dit non à l'immobilité. Il s'est secoué d'une torpeur, de la tentation d'un glissement. Oui, tu es plein de courage à ce moment-là. Tu crois en avoir fini avec les compromis, les faux désirs, les petits pas.

Rentrés à Chartres, tes parents ne te font aucune remarque. Pour la première fois, ils te traitent en adulte. Tu le deviens. Tes désirs prennent forme. Sans eux. Élisabeth t'écrit. Tu ne réponds pas à ses messages. Tu ne peux évoquer vos étreintes sans que ressurgissent cette plage vide et infinie, les yeux consentants de tes parents, cette étouffante odeur de fleurs. Au moment d'entrer à l'université, tu acceptes les études de droit, mais tu seras avocat. Et tu choisis ton université : ce ne sera pas Paris. Ce ne sera pas Élisabeth, son studio, ses parents qui t'apprécient, les vacances en famille. Ce ne sera pas cette vie-là. Tu veux partir loin, pour un avenir nouveau. Ce sera Strasbourg. Ta détermination est si grande que tes parents ne s'y opposent pas. Et c'est ainsi qu'un dimanche de septembre, tu quittes Chartres et tous ses souvenirs. Tu prends le train pour l'est, pour une ville inconnue, pour le lieu de ta liberté.

II

✢

15

À Strasbourg, c'est ta vie qui commence. Tu es loin, tu es seul, mais c'est le contraire de la solitude : pour la première fois, tu es maître de toi-même. La ville t'offre un royaume : des petites rues, des quais, des ponts, de larges avenues. Elle n'enferme pas. Le ciel est haut, l'eau court devant toi comme ton désir de vivre. Tu marches beaucoup, dès que tu quittes les cours, attentif à tout, à la lumière dorée de septembre, aux cygnes qui glissent sur l'Ill. Tu désertes ton studio trop neuf dans le quartier de l'Orangerie et tu te mêles aux autres. Tu regardes les filles aux dents blanches et aux yeux noirs. Tu es vivant, au cœur battant des choses. C'est un état ouvert, grisant, inédit. Entre le calme et l'élan, la patience et l'empressement.

Tu te fais tout de suite un ami. Il est facile de se lier à cette époque-là, il suffit de se trouver là, de sourire et on est tout de suite accepté à une table. Tu rencontres Sourou au restaurant universitaire. Tu t'assois en face de lui. Il te plaît tout de suite. Même seul, il a l'air d'être multiple. C'est un grand Béninois intelligent et drôle qui étudie la sociologie, marche tout le jour et, le soir, prépare des ragoûts d'ignames avec les filles de son étage. Tu aimes sa compagnie. Il ne ressemble pas aux étudiants de la faculté de droit. Il t'amuse. Tu le rejoins de temps en temps au Perroquet vert. Il a jeté son dévolu sur ce café obscur où il n'y a jamais personne, à part trois clients qui boivent au comptoir, un cacatoès aphone dans sa cage et la patronne qui, impassible, fume la pipe près de la caisse. Sourou vient là par provocation : « Un jour, j'ai eu envie d'un café, te raconte-t-il, j'ai ouvert la porte, j'ai passé ma tête et je me suis dit Ouh, c'est pas la place pour un Nègre ici. Y a rien d'exotique. Alors, je suis entré. Les trois types au bar ne m'ont pas quitté des yeux jusqu'à ce que je m'assoie. J'avais le dos brûlant de leurs regards. J'ai tiré ma chaise, je leur ai fait face, ils se sont tournés. J'ai fait un clin d'œil au pauvre perroquet qui n'en menait pas large. Depuis, c'est toujours la même chorégraphie. Au bout d'un moment, ma présence s'estompe, je me fonds comme qui dirait dans le noir, et ils recommencent à parler. Maintenant, j'apporte un livre de Frantz Fanon et j'écoute. Je fais ma petite enquête sociologique. » Mais Sourou vient aussi pour l'imperturbable patronne. Il s'est lancé dans une entreprise de séduction distante et muette, persuadé qu'il finira par lui arracher un mot ou un sourire. Elle reste pour le moment indifférente à cet olibrius sombre dont la présence relève du malentendu. Mais elle ignore que la signification de Sourou est « patience ». Afin de faire son petit effet, Sourou arrive toujours en avance à vos rendez-vous, et quand tu ouvres la porte, tu l'aperçois, droit comme un arbre, son sourire blanc dans la pénombre. Tu lui envies cette capacité à s'amuser de tout. Les autres voient le monde en surface, lui le voit en creux. Taisant ton studio payé par tes parents, tu le suis dans sa chambre universitaire encombrée de livres, de masques et d'objets que tu considères avec curiosité. Tu fais la connaissance des filles de son étage : Leïla, Caro et Mukti, la belle Indienne aux yeux doux. Il y a aussi des étudiants malgaches qui se joignent à vous. Tu aimes ces soirées métissées, le goût insolite des plats servis dans des assiettes en plastique, les saris élégants de Mukti, son odeur de musc. Et ces petites chambres dont la porte reste ouverte, invitant aux rencontres. Celle de Sourou ne désemplit pas. On ne le dérange jamais. Et s'il s'absente, il laisse un mot : Je suis au 110, au 320, au 130. Il est toujours quelque part.

16

Un soir, il est au 203 ou au 205, en tout cas à son étage, tu entends tout près la musique de la fête. Tu entres. Il y a beaucoup de monde. Tu aperçois Sourou près de la fenêtre aux côtés de Mukti et tu en ressens un peu de jalousie. Quelqu'un te tend un verre, tu t'assois sur le lit. Caro et Leïla se font une place à côté de toi. Puis la porte s'ouvre et une fille entre. Tu tournes la tête. Tu vois une longue silhouette, des cheveux tressés, une peau sombre. Elle s'avance, elle est maintenant devant toi. Tu la regardes. Caro vous présente : Sèna. Elle te sourit. Tu vois l'espace entre ses dents. Tu te lèves. Son regard devient légèrement moqueur. Tu te sens idiot. Tu te rassois. Elle prend place près de Caro et te tourne le dos. Tu entends son rire. Tu aimerais la regarder encore, mais Leïla s'est maintenant tournée vers elle et la cache. Tu restes un long moment comme ça à regarder devant toi. Tu n'as jamais été amoureux, aussi tu ne reconnais pas cette douceur et cette violence, cette évidence et cette terreur. Tu échanges des mots vagues avec des gens que tu ne connais pas. À la fin de la soirée, la chambre s'est vidée et Sourou est à côté de Sèna. Tu te rapproches. Vous êtes assis tous les trois côte à côte. Sourou fait son numéro. Visiblement, Sèna lui plaît. Il est séduisant, charmeur, se croit ensorceleur. Il l'appelle « ma sœur » et lui demande d'où elle vient, « d'où lui viennent donc ces yeux pleins de feu et sa beauté de reine ». Sèna sourit sans répondre, mais, tu le jurerais, se rapproche imperceptiblement de toi. C'est alors qu'il se passe cette chose affreuse. Sourou qui, légèrement enivré, a perdu ses bonnes manières te prend à témoin. « Car cette fille est sublime. Tu ne trouves pas, Thomas ? » Ton visage devient cramoisi. D'abord, tu aimes peu ce genre de propos. Ensuite, tu as l'impression qu'on t'a tendu un piège, qu'on t'a dénoncé, qu'on vient de t'appréhender, de te traîner au centre d'un cachot obscur pour te soumettre à la question. Tu sens ton cœur battre dans tes oreilles. Il faut que tu répondes. Réponds donc ! Sèna, bien qu'exaspérée par Sourou, te lance un regard ironique. Tu es incapable de t'exposer à ce regard. Tu ne peux pas dire la vérité, te mettre ainsi à nu devant elle. Tu ne le peux tout simplement pas. Alors tu as cette réaction indigne de toi, d'elle et de ton amour naissant : tu réponds « non ». Les yeux de Sèna deviennent instantanément des lames sombres. Sourou te regarde, incrédule. Ton cerveau vient d'enregistrer la situation. Tu te lèves, tu saisis ton manteau et tu sors en hâte, abasourdi par ta goujaterie.

Dans la rue froide, tu marches d'un pas vif comme si tu allais quelque part et que tu étais en retard. Tu ne donnes aucune direction à tes pas. Qu'importe ta destination ? Tu es mort de honte, anéanti. Comment as-tu pu donner une telle réponse ? Comment as-tu pu blesser cette fille ainsi ? Elle n'acceptera jamais de te revoir. Elle ne le pourrait pas. Elle t'a déjà écrasé du talon, puis effacé de sa mémoire. Comment, en un seul mot, as-tu pu tout gâcher aussi complètement, aussi irrémédiablement ? Et Sourou, qu'est-ce qui lui a pris ? Sèna, bon sang, qu'a-t-elle pensé ? Tu longes les rues désertes, tu tournes à gauche, à droite, tu enjambes un pont, tu atteins une avenue. Puis tu reviens sur tes pas, tu rejoins les quais. Accablé, tu te jettes dans la ville comme dans des bras aimants. Cette nuit-là, malgré ton corps épuisé, tu peines à trouver le sommeil. Tu as beau te raisonner, te dire qu'il n'y a plus rien à faire, que tout est raté, que tu n'es qu'un ahuri et que tu l'as bien mérité, cette fille-là, quoi qu'il en soit, malgré tout, advienne que pourra, tu veux la revoir.

Tu la revois dans la rue deux jours plus tard. Elle sort sans te remarquer d'un magasin en compagnie d'une amie. Sur le trottoir d'en face, hypnotisé par sa beauté, tu la regardes passer sans faire un geste. Mais dans ce hasard, tu vois un signe, tu vois une chance.

Alors tu vas trouver Caro, qui te l'a présentée, et tu l'interroges. Elle t'écoute et ne se moque pas. Elle t'apprend que Sèna est sénégalaise et qu'elles sont toutes deux en première année de lettres. Elle te dit: « Vas-y. » Le lendemain, fou de trac, tu attends Sèna à la sortie de son cours. Par bonheur, elle apparaît seule. Par bonheur aussi, elle t'aperçoit tout de suite et, après une hésitation, te sourit. Tu lui demandes si elle a le temps. Elle l'a. Vous entrez dans un café. Mais une fois assis face à elle et ses yeux sombres, tu ne sais plus quoi dire. Ton cœur bat dans tes tempes, tu as la gorge serrée. Jamais tu n'as été aussi démuni, aussi vulnérable. Tu reconnais maintenant cette douceur et cette violence, cette évidence et cette terreur. Tu sens son regard sur toi. Il glisse de ton visage à tes épaules. Il s'attarde sur ton pull, il descend sur tes mains dont elle voit sans doute les veines sombres. Sur le bois de la table, tu traces en silence les lettres du mot OUI. Tu lèves la tête. Dans ses yeux, il y a de la gravité et de l'amusement. Quelque chose de farouche qui devient accessible. Quelque chose qui te brûle et qui t'apaise. Elle te dira plus tard qu'elle a commencé à t'aimer à ce moment-là. Parce que tu n'étais pas un beau-parleur, parce que tu n'avais pas l'air d'un séducteur. Parce que tu te taisais, mais que ton silence était plein. Est-ce ce jour-là qu'elle a commencé à se tromper?

Non, ce jour-là, tu es totalement dans le vrai. Tu ne sais rien encore de ta dualité. Tu n'as jamais été plus sincère, plus entier.

Devant le visage de Sèna, tout ce que tu aimais enfant, tout ce que tu désirais adolescent s'accorde et se rassemble. Cette jeune femme aux yeux ardents, tu l'as toujours aimée. Tu as toujours attendu ce regard qui reconnaît et qui libère, sous lequel le monde devient vivant. Tu as toujours su que l'amour promettait un avenir rieur. Ce jour-là, c'est toute ta vie qui s'unit pour prendre son élan.

Quand vous vous quittez devant la porte du café, elle ne te dit pas qu'elle veut te revoir, mais elle t'indique un banc sur les berges de l'Ill, en face du quai des Pêcheurs. Dès qu'elle a un moment de libre, elle va s'y asseoir. C'est une sorte de rendez-vous où se mêlent le jeu, l'attente et le doute. Attendre, tu le veux bien, mais pas laisser faire le hasard. En regardant s'éloigner sa silhouette rieuse, tu sais ce qu'il te reste à faire.

17

Le lendemain matin, tu ne vas pas en cours, tu prends la direction des quais. Sous un large platane, tu trouves le banc. Tu t'assieds, tu attends. Et pendant que tu attends, le temps semble vivant. Il est fait de minuscules particules qui t'unissent à quelque chose de plus grand, à tout ce qui va naître. À Sèna et toi, à ce que vous formez déjà. Tu es là où elle veut que tu sois, tu accèdes à son désir. Vous partagez déjà quelque chose. Le quai, les maisons colorées, les péniches, les passants qui se hâtent, une ville qui s'éveille, les cygnes qui glissent sur l'Ill, indifférents. Une beauté dense, mouvante. Tu vois ce que voit Sèna quand elle vient s'asseoir là, dans cette bulle de silence sous les feuilles. Apporte-t-elle un livre ou bien regarde-t-elle devant elle, les mains enfouies dans les poches de son manteau, légèrement penchée en avant, avec cette grâce et cette concentration que tu lui connais déjà ? Tu pressens que Sèna aime les choses, qu'elle est attentive à ce que d'autres ne remarquent pas. Qu'elle doit chaque jour changer de chemin pour aller à l'université, lever les yeux sur un morceau de ciel, s'arrêter devant une façade, l'ouverture d'une ruelle, un volet en bois qui penche. Qu'elle doit aimer le nom des rues : les renards prêchants, les ruisseaux bleus, les moulins à porcelaine. Et tu en es heureux, car toi aussi tu aimes cette ville, cette ville pleine comme un coffre, où l'on peut fouiller à volonté et qui recèle des lieux inépuisables : une cour miraculeuse sous le porche de la rue Saint-Louis, un escalier mystérieux entraperçu un jour près du pont du Corbeau, une porte aux têtes grotesques, une rue des Couples, et cette maison à la girouette en forme de poulaine, sur la place du Marché-aux-Cochons, ancienne maison de savetier dont on dit qu'un roi s'y arrêta pour se faire confectionner rapidement des poulaines, parce qu'il en avait perdu une dans une farandole. Le savetier obtint ensuite le droit de mettre une girouette sur son toit, privilège habituellement réservé aux nantis. Tu lui montreras, si elle vient, si elle t'aime.

Tu la vois arriver de loin, avec son joli manteau et des livres sous le bras, et de loin déjà elle te sourit, d'un sourire total, irrésistible, et tu te lèves comme la première fois, et comme la première fois, tu te sens idiot. Elle fait les derniers pas en courant et elle rit. Elle dit simplement : « Tu es là. » Et ce « Tu es là » exprime l'amusement, le soulagement et, pour toi, déjà une complicité. Elle met son bras sous le tien et t'entraîne. Et tu te redresses. Et tu es fier. Fier de marcher à ses côtés, fier de sa beauté, de son profil de princesse sérère. Comme elle ne dit rien, tu l'interroges. Alors elle parle de son père, de Dakar, de sa mère, de ses sœurs, de Nancy où elle a grandi. Toi, tu te tais. De tes parents, tu n'as rien à dire. Vous marchez ainsi longtemps, avec des mots et des silences, exposés aux rues et au ciel, et cette ville que vous aimez, vous l'aimez plus encore à deux. Elle devient intime. Elle s'élargit et se rétrécit comme le mouvement d'un cœur.

Vous vous voyez ainsi plusieurs jours. Vous vous retrouvez sur le banc. Assis près d'elle, il t'arrive encore de manquer de mots, de ne pas croire à ton bonheur. Mais vos mains se touchent et ton cœur se desserre. L'un contre l'autre, vous vous exposez à la ville, vous vous arrêtez devant une rue insolite, une enseigne au fond d'une cour, des greniers sous des toits pentus, une lucarne secrète. Puis, un après-midi, tu suis Sèna dans le petit escalier de la rue Étroite. Quand elle ouvre la porte, il te semble tout à coup n'avoir aucun passé, être neuf, vierge de tout. Et cette petite chambre devient ample et large, le lieu exact de l'amour.

Plus tard, blotti contre Sèna, dans le lit minuscule, tu te dis que l'amour est un lieu en soi. Un pays où l'on naît, où l'on grandit. Dans ce pays, tu viens d'arriver. Tu en apprends la langue. Tu en admires les paysages. La chambre est un paysage de ce lieu. Tu y ouvres les yeux. Le jour n'est pas encore levé. Tu perçois les premiers bruits au loin, puis des pas dans la rue, le miaulement effrayé d'un chat, le murmure de l'Ill. Dans la pénombre se découpent les objets qui sont déjà les vôtres, un livre, deux tasses, les disques compacts sur le bureau, vos vêtements sur le sol. Tous portent l'empreinte de vos gestes. Ils dorment, ils respirent, tout comme Sèna qui fait des petits bruits dans ton cou. Tu ne bouges pas. L'aube est sur la pointe des pieds. Tu attends qu'elle tire lentement sur le jour. Apparaissent alors le visage de Sèna, son cou, ses épaules, ses bras graciles, paysage éblouissant de l'amour. Tu la contemples, abandonnée, si désirable que tu en éprouves de la douleur. Et il te semble que la lumière, au lieu de la découvrir, la rend insaisissable, qu'elle la redonne à tout ce qui n'est pas toi. C'est aussi cela, l'amour, penses-tu, cette liberté qui attache, ce bonheur un peu inquiet, ce corps apaisé et toujours désirant. Mais aussi tout ce temps devant soi, lent et rapide. Tu fermes les yeux et avant de te rendormir dans les premières lueurs du jour, tu te sens au sommet, au cœur du monde.

18

Tu aimes tout de Sèna. Sa douceur et sa grâce, son intelligence et sa gaieté, son esprit vif, ses yeux qui deviennent transparents dans les moments de douceur. Sa voix rauque, mais pas tout à fait, quelquefois très légère au contraire, enfantine. Son assurance un peu moqueuse. Elle est tout ce que tu veux. Elle est l'étrangeté de l'amour, l'attraction du lointain. Rien ne te semble plus naturel que d'être avec elle. Vous vous retrouvez tous les jours, vous travaillez ensemble, mangez ensemble, dormez ensemble. Vous lisez Senghor et Rilke, Césaire et Kafka, Mariama Bâ et Sartre, Ousmane Sembène et Simone de Beauvoir. Vous parlez jusque tard dans la nuit. Vous vous fabriquez un monde mystérieux et transparent, secret et ouvert aux autres. Quand vous êtes avec Caro et les filles de son étage, Sourou quand il est là, les étudiants malgaches, tu la vois comme si tu ne la connaissais pas. Tu découvres d'autres expressions, d'autres gestes, une autre voix, et c'est un trouble nouveau. C'est une petite douleur aussi. Comme si tu la voyais continuer sa vie sans toi. Toi, tu n'envisages rien sans elle. Tu n'y penses même pas. Elle s'est glissée dans la place béante de ton cœur et tu as refermé les bras. Elle t'aime sans retenue, mais elle ne te demande rien. C'est toi qui dis demain, qui dis toujours, qui manques tes cours et ne veux plus la quitter. C'est toi qui veux connaître sa mère et ses sœurs, un jour son pays de sable, et plus tard avoir avec elle des enfants aux mains fines et aux membres déliés. Ces enfants, tu en parles souvent. « Qu'ils ne tardent pas, dis-tu, ils seront aimés. Ils seront toi et moi ensemble, plus beaux que nous, meilleurs que nous. » Mais tu n'as qu'une vague idée de l'avenir. Tu ne le conçois qu'en fonction du présent, ce présent béni où, à la sortie de tes cours, tu te presses le long du quai des Bateliers pour la rejoindre. Tu t'enfonces dans la ruelle, tu passes devant la taverne qui est une ancienne boucherie, tu lèves la tête. La fenêtre n'a pas de rideaux, le ciel s'y décalque. Tu montes l'escalier le cœur battant. Tu sais que Sèna t'attend. Quand tu ouvres la porte, tu entres dans un temps autre, un temps poignant. Sèna s'approche de toi. Le jour se dénoue. Parfois, il se met doucement à pleuvoir et vous écoutez, serrés l'un contre l'autre, le temps s'épaissir.

19

Quand tu quittes la chambre, quand il faut que tu la quittes sans Sèna à tes côtés, pendant un moment tout te semble étranger. Tu marches de guingois, tu ne sais plus le nom des rues, tu te sens désorienté. Il te faut t'acclimater, retrouver la langue commune, refaire des gestes dont tu n'as plus besoin. Dans la chambre, tu as tout ce que tu désires : Sèna, son odeur et les battements de son cœur, le ciel, le thé au jasmin, la musique et les livres, et cette secrète lumière de mansarde qui te ravit. La chambre est ton abri. Tu pourrais y passer l'hiver, réchauffé par l'haleine de Sèna. Vous hiberneriez comme un couple de ratons laveurs dans le creux d'un arbre. Sèna proteste. Elle n'a rien d'un raton laveur, et elle aime sortir et marcher. Tu lui en veux quelquefois d'avoir besoin d'autre chose, d'être si curieuse du reste du monde. Et tu la soupçonnes de pouvoir être heureuse sans toi. Tu l'enlaces, tentes de la retenir. Vous vous débattez en riant, mais elle a toujours le dessus.

– Tu restes si tu veux, Tom. Moi, je sors !

Tu fais mine de bouder. Elle ouvre la porte. Se retourne. La referme. Te dit en souriant :

– Quelques rues du circuit bizarre, ça ne te dit vraiment pas ?

Tu lèves les yeux au ciel. Elle t'offre son sourire, celui que tu trouves irrésistible, et chantonne :

– Rue de l'Ail, de la Bière et du Poumon...
– ...
– Du Chaudron, du Savon...

Tu éclates de rire.

– Bon d'accord, on y va !

Le circuit des rues bizarres, c'est votre jeu – inventé par Sèna –, votre manière de vous approprier la ville, votre manière de l'aimer. Rues de l'Ail, de la Bière, du Poumon, du Chaudron, du Savon, du Fil et du Dragon. Rues des Pucelles et des Trois Gâteaux. C'est comme une comptine que récitent vos pas. Vous creusez dans le cœur de la ville et vous lui donnez un rythme nouveau. Quand vous marchez ainsi, il te semble que vous glissez sous la peau des pavés, des maisons, des bâtisses, que vous tissez votre histoire singulière dans leur passé et que vous en défroissez la mémoire pour en faire quelque chose qui n'appartient qu'à vous. Quelque chose de tangible, qui vous unit solidement, comme l'empreinte de vos noms dans le secret de la pierre. Jamais plus, ensuite, tu ne marcheras comme ça, tu ne te lieras à un lieu comme tu l'as fait à Strasbourg, avec cette passion et cet élan. Il fait froid, vos mains sont gelées, mais tu suis cette jeune femme fantasque dans ses parcours insolites et pour rien au monde tu ne voudrais être ailleurs.

Vous avez aussi votre circuit des enseignes : À l'Autruche, À la Grue, Au Clou, Au Canon, Aux Deux Haches, Aux Trois Lièvres, Aux Quatre Vents. La plus incongrue est Au Crocodile. Que fait donc cet animal exotique dans la petite rue de l'Outre ? D'après la légende, on doit l'enseigne à Ackermann, l'aide de camp du général Kléber, qui revint de la campagne d'Égypte sans son général, qui y fut assassiné, mais avec un crocodile empaillé long de trois mètres. L'estaminet qu'il ouvrit prit le nom du trophée. Tu te demandes aujourd'hui s'il reste une trace de votre passage dans ces lieux où vous entrez quelquefois, s'ils existent encore. Dans de grandes salles vides, dans la lumière de l'après-midi, vous buvez un café ou un chocolat. Vous admirez les plafonds bas et les poutres apparentes, les tables en bois recouvertes de kelsch rouge, la décoration rustique, les fenêtres dont les vitraux représentent la vie des vignerons ou des paysages d'autrefois, et vous vous sentez tout petits au cœur du temps qui passe. Tout petits et gonflés d'amour. Vous répertoriez les petites places, les squares, les bancs, les lieux que vous aimiez avant de vous connaître. Vous adorez ces jeux où vous étreignez la ville, où vous vous en enveloppez, où vous la faites vôtre. Ainsi est le territoire de votre amour, une chambre minuscule et un espace infini.

Ton studio échappe à ce territoire. Tu ne l'as jamais vraiment considéré comme tien. Il n'a été qu'une étape, le lieu d'avant que tu quittais rapidement pour la liberté de la rue. Tu l'as aimé un moment pour ce qu'il symbolisait: ton indépendance. Le jour de ton arrivée, tu avais suivi le concierge dans le couloir du rez-de-chaussée et tu avais posé ta valise dans cette pièce impersonnelle, mais fonctionnelle avec sa petite cuisine équipée, sa petite salle de bain, et tu t'étais réjoui d'être enfin seul quelque part. La rue était agréable, bordée d'arbres, mais le quartier était trop bourgeois, trop loin du cœur de la ville. Quand tu avais rencontré Sourou, tu t'étais rendu compte que ce studio t'isolait des autres étudiants, du moins de ceux que tu avais envie de fréquenter, qui étaient pour la plupart boursiers et n'avaient pas beaucoup d'argent. Et c'était la dernière chose que tu voulais. Maintenant, rien ne t'attache plus à ce lieu. Il n'a ni charme, ni profondeur, ni hauteur. Il est à l'opposé de la chambre de Sèna. Après tes cours, tu passes prendre quelques vêtements, ramasser ton courrier, écouter tes messages et tu files au plus vite. Parce que tu ne peux partager quelque chose qui ne t'appartient pas, tu n'y as jamais invité Sèna. Elle n'a d'ailleurs pas demandé à y venir. Sèna ne force pas les choses. Elle élargit la vie, elle crée de l'espace. Dans cet espace, il y a de la place pour tes retranchements et tes incertitudes, pour ce que tu ne peux pas dire et ce que tu ne comprends pas toi-même.

Quand vous rentrez de ces longues promenades dans la ville, vous passez voir Sourou et les filles. Vous avez fait quelques courses et tout le monde se retrouve dans la cuisine. Sourou y règne toujours en maître et pérore en préparant un ragoût de son cru. Leïla a apporté des gâteaux au miel, Mukti, une salade de lentilles et Caro, du riz au safran. Comme toujours, les étudiants malgaches se joignent à vous et c'est une grande fête de saveurs mêlées, de bruits de mastication et de rires. Sourou, qui te traite de veinard, essaie de faire du charme à Sèna, qu'il appelle toujours « ma sœur ». Celle-ci le repousse gentiment. Mukti te regarde, et tu ne sais comment interpréter ce regard. Tu n'as d'yeux que pour Sèna. Tu éprouves toujours ce sentiment étrange quand tu la vois au milieu des autres. Un sentiment fait du bonheur de la trouver si belle, si à l'aise, de tant aimer sa curiosité, sa fantaisie, sa manière singulière d'embrasser si largement le monde, et de l'impression de ne pouvoir vraiment l'atteindre et d'en être inconsolable. Mais elle vient s'asseoir à tes côtés et picore dans ton plat. Elle t'offre son sourire irrésistible. Vos genoux se touchent, elle murmure à ton oreille. Quand à la fin de la soirée, vous vous levez et qu'elle met son bras sous le tien, tu es fou de bonheur de rentrer avec elle, d'être aimé d'elle et de marcher dans la nuit jusqu'à la petite chambre où vous attendent la musique et vos mots d'amour.

Tu n'as jamais été aussi heureux qu'à ce moment-là, quand il n'y a que la chambre et vos gestes à l'intérieur. Quand vous vous entortillez dans les rues de la ville et rentrez dans le soir froid avec la promesse de la nuit et de jours qui ne changeront pas. Quand il n'y a sur vous que votre propre regard et celui des amis partagés. Quand celui des autres, tu ne le vois pas encore. Quand tu penses que ton amour est racine, qu'il te donne souffle et force, et que, songeant au couloir solitaire de ton enfance, tu t'imagines, puisque tu ne seras jamais chanteur de rock, être au moins devenu lion.

20

Dans le bar du Train Bleu, tu prends ta tête entre tes mains et tu as pitié de toi. Être devenu lion ! À ta droite, deux jeunes gens viennent d'arriver et s'extasient sur le décor : les plafonds, les miroirs, les boiseries, les fauteuils Chesterfield. Tu envies leur enthousiasme. Ils s'absorbent dans la lecture du menu. Tu devrais toi aussi manger quelque chose, tu t'es levé tôt. Mais tu demandes un autre cognac. Le serveur s'éloigne d'un pas feutré et tu penses tout à coup à l'heure qu'il est, au train, aux vacances, à cette petite semaine que chaque année tu consens à prendre. Et tu imagines ton arrivée à Aix, ta femme sur le quai, douce et pressée. Un baiser rapide, puis le trajet silencieux jusqu'au Tholonet. Tes parents buvant un verre autour de la piscine. La maison blanche. La chambre à l'étage. Les yeux de ta mère. Ton père, rare et effacé. Le bridge, le golf, les restaurants, la joie qui ne prend jamais. Bientôt ta femme montera dans sa voiture de sport, il faut que tu la préviennes, que tu inventes quelque chose. Mais tu ne fais pas un geste. Tu n'aimes pas cette maison. Elle est trop neuve, trop blanche. Tu ne peux plus regarder les yeux de ta mère et encore moins ses lèvres. Tu les entends

encore ses lèvres qui s'étirent, leur bruit sec :
Une négresse ! Comment as-tu pu ? Tout est
blanc maintenant autour de toi. Un blanc de
linceul. C'est cela ta vie, Thomas Darcourt,
depuis que tu n'as pas osé la vivre. Une vie
de petits pas, une mort de grand standing. À
Strasbourg tu étais vivant, tu étais toi-même.
Quand le corps de Sèna était le corps de
l'amour avant d'être un corps noir. Quand tu
avais oublié d'où tu venais. Tu penses à tout
cela, et ta fatigue est si grande depuis que le
monde s'est raccourci. Ta lâcheté est devenue fatigue et sommeil. Tu as tant dormi dans
cet appartement parisien que tes parents
t'avaient trouvé pour que tu quittes Strasbourg au plus vite. Tu fermais toujours les
portes derrière toi, comme si tu craignais
qu'on te surprenne, qu'on te surveille. L'espace te faisait peur. Tu t'enfermais, mais tu
l'étais déjà. Tu avais érigé un mur à l'intérieur
de toi. Ce mur, le portais-tu en toi comme
ton père, comme ta mère ? Était-il déjà là,
comme une maladie asymptomatique, quand
tu marchais aux côtés de Sèna, quand vous
vous pressiez dans la nuit jusqu'à la chambre,
vos corps collés, vos deux mains serrées dans
la poche de ton manteau ? À ces moments-
là, il te semblait pourtant que rien ne pouvait vous désunir. Vous montiez l'escalier,
vous ouvriez la porte de la petite chambre
où vous seriez hors d'atteinte. Qu'est-ce qui
pouvait arriver ? Il est arrivé qu'un jour, au
sommet de ton bonheur, tu as trébuché et
roulé inexorablement jusqu'en bas.

21

Vous veniez de terminer les examens du premier trimestre. Sèna était satisfaite, toi pas tout à fait, mais tu étais heureux que tout soit terminé et qu'arrivent les vacances. Vous étiez au café Brant, place de l'Université, où vous vous retrouviez souvent après les cours. L'endroit était bondé et il y faisait chaud. Une agréable torpeur était sur le point de t'envahir quand, regardant par la fenêtre, Sèna s'était écrié : « Oh ! » Tu avais à ton tour tourné la tête : il neigeait. Sèna avait enfilé son manteau, tu l'avais imitée et vous étiez sortis à toute vitesse. De gros flocons drus vous fouettaient le visage. Spontanément, retrouvant les gestes de l'enfance, vous vous étiez mis à courir comme des fous en vous tenant par la main. Vous couriez à perdre haleine en riant et en glissant, forçant le rideau de la neige. Vous vous dirigiez machinalement vers le parc de l'Orangerie. Tu habitais tout près. Cela faisait plus d'une semaine que tu n'étais pas passé prendre ton courrier et écouter tes messages. Sans lâcher la main de Sèna, tu avais traversé l'avenue et tu t'étais engagé dans ta rue. Sèna souriait, de son sourire total. C'était la première fois que tu l'emmenais chez toi.

La neige tombait, le sol crissait sous vos pas, les arbres avaient des ailes. Vous vous étiez arrêtés au milieu de la rue et soudain, tout était devenu silencieux. Sèna avait levé les bras et tendu son visage vers le ciel. « Comme c'est beau », avait-elle murmuré. Puis elle avait tourné sur elle-même et esquissé lentement, comme en les découpant, deux ou trois pas de danse. Tu avais fugitivement eu l'image d'un cygne accompagnant un chant admirable et muet. Tu voudrais tant t'arrêter sur ce moment, ne pas aller plus loin. Car c'est la dernière image d'un bonheur sans tache. Quelques minutes plus tard, vous étiez arrivés devant chez toi. Tu avais poussé la porte du rez-de-chaussée et, instantanément, tout était devenu laid.

Le concierge, qui avait dû vous voir arriver, était sorti de sa loge. Il t'avait salué et n'avait pas adressé un mot à Sèna. Pendant qu'il te tendait ton courrier, son regard s'était pourtant attardé sur elle. Puis il avait cavalièrement tourné les talons et était rentré chez lui. Sèna n'avait rien dit. Elle savait le regard des autres. Toi, tu avais eu honte. Tu avais eu honte de cet homme, de ton silence, de ce lieu payé par tes parents. Honte de ce que voyait Sèna maintenant. Le studio était sombre et sentait le renfermé. Comme un automate, tu avais allumé et tu t'étais dirigé vers le répondeur qui clignotait. Pendant que tu écoutais ton message, tu t'étais tourné vers Sèna. Elle se tenait immobile près de la porte qu'elle n'avait pas refermée. Elle ne te regardait pas, elle ne souriait pas. Au fond de toi, quelque chose s'était alourdi. Et tu entendais la voix de ta mère. Cette voix sèche qui te sommait de donner des nouvelles, cette voix qui te hérissait la nuque. Tu t'étais ensuite approché de Sèna et tu l'avais prise dans tes bras. Elle était restée distante. Tu te sentais triste. Tu te sentais sale. Mais tu étais incapable de dire un mot. Quand vous étiez sortis, le ciel n'était plus le même. Il avait perdu sa pureté.

Vous n'aviez jamais reparlé de ce moment-là. Il était resté tapi en vous comme une tache, comme une perte. Oui, c'était là que tout avait vraiment commencé : par cette absence de paroles. Car avec Sèna tu parlais de tout. Vous passiez des nuits à commenter le monde, à vous interroger, à émettre des hypothèses, à expliquer, à préciser. Vous vous demandiez dix fois par jour à quoi vous pensiez, pourquoi vous vous aimiez, comment vous vous aimiez, ce que vous aimiez l'un de l'autre. Pourquoi aviez-vous été incapables d'évoquer ce qui s'était passé ce jour-là ? La honte que tu avais éprouvée t'emmurait. Et dans cette honte, tu avais emprisonné Sèna. Ta honte, c'était d'avoir reconnu dans le visage du concierge celui de ta mère. Ce visage déformé par la grossièreté et le mépris que tu connaissais si bien.

22

Vous aviez fait semblant d'oublier. Il avait reneigé quelques jours plus tard et vous aviez couru dans les parcs, lancé des boules comme si c'était la première fois. La ville avait pris un air de fête. Les rues scintillaient, les vitrines regorgeaient de pains d'épices. Pour souligner la fin du trimestre, Sourou avait organisé une grande fête à son étage. Tout le monde avait fait la cuisine. Tu avais toi-même mis la main à la pâte. Il y avait du rhum, de la vodka, du vin d'Alsace. Mukti avait préparé du lassi à la rose, qui n'avait pas vraiment trouvé preneur. On allait de chambre en chambre. On se regroupait dans le couloir. Caro et Leïla partiraient dans leur famille pour la durée des vacances. Sourou resterait, ainsi que Mukti et les étudiants malgaches. Vous les retrouveriez à la rentrée, à votre retour de Nancy. Oui, tu verrais la mère et les sœurs de Sèna.

La nuit qui avait précédé votre départ, vous vous étiez aimés passionnément. Il y avait dans vos gestes une fougue et une tendresse nouvelles. Tu murmurais des mots d'amour fou en te serrant contre Sèna, comme pour ressouder l'espace dans vos cœurs, refermer cette brèche qui s'était ouverte et qui te faisait peur. Sèna t'écoutait, les yeux dans les tiens, prête à te croire, tremblant d'une fragilité que tu n'avais pas soupçonnée.

Vous aviez pris le train pour Nancy et au milieu des voyageurs qui partaient vers des destinations familiales, Sarrebourg, Lunéville, Rosières-aux-Salines, tu t'étais senti bien. Dans le train, Sèna s'était endormie sur ton épaule et tu avais regardé défiler les paysages de forêts enneigées, soulagé de t'éloigner. Avant de partir, tu avais appelé tes parents. Heureusement, personne n'avait décroché, et tu avais laissé un message. Tout allait bien, tu étais invité chez des amis pour le temps des vacances, tu rappellerais. Ainsi, pendant un moment, tu serais introuvable. Cette idée t'apaisait, car une légère angoisse s'était distillée dans tes veines. Mais à Nancy, tu avais été heureux. Mariama, la mère de Sèna, t'avait accueilli comme si tu faisais partie de la famille. Tu t'étais senti tout de suite à l'aise. Aby et Rama, de deux et quatre ans plus jeunes que Sèna, te couvaient d'un regard radieux. Tu te sentais bien dans cet univers de femmes : elles étaient gaies, simples, vives. Elles ne te posaient pas de questions embarrassantes. Tu étais l'amoureux de Sèna et elles t'accueillaient comme tel. Cela te satisfaisait. C'était ce que tu étais, de toute façon. Tu étais à peine étudiant en droit. Pendant que Sèna travaillait d'arrache-pied, tu manquais souvent tes cours. Tu restais dans la chambre. Tu lisais les livres qu'elle étudiait, tu pensais à elle.

Toute ton ardeur lui était consacrée. C'était un amour gardé en réserve depuis si longtemps et qui avait trouvé son contenant. Tu n'avais plus de temps pour ce qui n'était pas elle. À Nancy, tu étais comblé, vous ne vous quittiez pas d'une semelle. Sèna t'avait montré la ville où elle avait grandi, les lieux où elle avait des souvenirs, son école, les cafés de son adolescence et, au fond de son jardin, les restes d'une petite case en briques. Avec Aby, Rama et Mariama, elle l'avait construite un été où elle n'avait pas pu voir son père. Ses parents s'étaient séparés quand elle avait douze ans et son père était reparti vivre au Sénégal. Chaque année, elle allait le rejoindre avec ses sœurs. Elle l'aimait et il lui manquait. Comme lui manquaient la touffeur de Dakar avec son odeur de mer et d'épines, le bruit, la poussière, les bougainvilliers et les appels du muezzin. Sèna t'avait raconté l'histoire de cette case, et cette histoire lui ressemblait tant.

– Mon père n'avait pas pu nous recevoir, je ne me souviens plus bien pourquoi, et ça m'avait énormément frustrée. Je m'ennuyais de lui et du Sénégal. Je tournais en rond. Je ne savais pas quoi faire. Alors j'avais eu une idée. Reproduire quelque chose du paysage que je ne verrais pas : une case, comme dans les villages sérères, avec tout autour des personnages, des sortes d'épouvantails, mais en plus jolis, on les aurait vêtus de boubous. Avec Aby et Rama, on a commencé à ramasser des pierres par-ci par-là, mais évidemment ça ne suffisait pas et, au bout d'un moment, ça nous a démoralisées. Ma mère, fatiguée de nous entendre, a alors acheté des briques et nous l'avons construite toutes les quatre. On a trouvé une espèce de paille pour le toit. Ça nous a pris un petit moment et, en fin de compte, on a laissé tomber la confection des personnages. Notre case n'avait qu'une vague ressemblance avec une case sérère, mais elle nous plaisait. Avec le reste des briques, on avait créé un mobilier sommaire : une table basse et des étagères. On y avait transporté des tasses, une théière, des coussins. C'était suffisant. On s'y réfugiait – enfin, moi surtout – quand le soleil tapait fort et on se sentait ailleurs. Je l'avais appelée Nankar, mi-Nancy, mi-Dakar, parce qu'elle devait réunir les deux mondes. Pendant tout un été, elle a été ma case-refuge, ma case-imagination. J'étendais une natte sur le sol, je m'y allongeais, je rêvais, j'ouvrais un livre ou je buvais du thé. Je n'étais pas au Sénégal, mais j'étais bien. Une nuit, j'y ai même dormi. Je me suis réveillée couverte de paille parce qu'il avait venté. Le pauvre toit a d'ailleurs fini par s'envoler quelque temps après.

Sèna avait ri, avant d'ajouter :

– Mais ce qui est drôle, c'est qu'ensuite, dès l'année suivante en fait, je n'ai plus eu besoin de la case pour m'échapper et me trouver là où j'avais envie d'être, près de mon père ou ailleurs. Son « idée » me suffisait. Quand ça n'allait pas, je me disais Je vais à Nankar et je me sentais ailleurs, hors du temps.

J'étais calmée. Nankar est ainsi devenu une sorte de lieu mental.

Elle t'avait regardé, joueuse.

– Et il m'arrive encore de l'habiter.

Allongé près d'elle, dans sa chambre d'adolescente, tu pensais à tous ces désirs, ces élans, à toute cette fantaisie, au circuit des rues bizarres, à cette inventivité qui faisait que les jours ne se ressemblaient pas, qu'ils portaient des possibilités infinies. Tu rassemblais toutes ces images et tu en faisais un tableau mouvant, où vous traversiez le temps, où vous grandissiez côte à côte, sous les gommiers et les baobabs, à Nancy et à Nankar. Et tu te sentais ramifié. Tu étais à la fois l'enfant qui l'aimait déjà et le jeune homme qui la découvrait dans sa beauté sauvage, qui en était touché jusqu'aux larmes.

Pendant ce séjour, pour la première fois depuis longtemps, tu avais pensé à Teresa. Mariama avait dressé la table de Noël. Tu t'étais dit que Sèna venait du bonheur et de l'amour, et que dans cet espace, tu pouvais entrer toi aussi. Tu y avais ta place. Tu verrais les petites sœurs grandir, le beau visage de Mariama prendre de l'âge et se pencher sur ses petits-enfants, mais tu avais pensé à tes parents et tu en avais eu des sueurs dans le dos. Jamais Sèna ne viendrait chez toi. Jamais elle ne s'assiérait à la table de la maison de Chartres. Tu avais eu tout à coup un affreux pressentiment. Le bonheur était à ta portée, tu le sentais tout près, mais encore une fois, il te serait enlevé. Tu ne pourrais rien y faire. Ça avait été ainsi avec Teresa. C'était ainsi depuis toujours. Mais Mariama te souriait avec bienveillance. Le repas était délicieux. Sèna t'aimait et serait toujours à tes côtés. Tu avais chassé tes sombres pensées. Ce sentiment de défaite ne t'avait toutefois pas totalement quitté. Et si tu avais profité de chaque instant qui avait suivi dans ce lieu protégé, ce n'était pas parce que tu avais oublié la menace, mais parce que, au contraire, tu craignais que ce bonheur ne soit condamné et tu ne voulais pas en perdre une miette.

23

Quand vous étiez revenus à Strasbourg, tu avais attendu longtemps avant de retourner chez toi. Tu t'étais finalement décidé parce que tu attendais les résultats de tes examens. Un soir, tu avais discrètement poussé la porte du rez-de-chaussée. La lettre de l'université était là. Tu n'avais pas d'autre courrier ni de message et tu n'avais pas croisé le concierge. Tu avais rejoint Sèna le cœur léger. Mais tu n'avais pas eu de très bons résultats et il te fallait travailler plus sérieusement. Vous aviez passé de longues soirées penchés sur vos livres, toi avec ennui, Sèna par solidarité, mais avec une ardeur que tu lui enviais. Il te semblait qu'elle ne faisait jamais rien à contrecœur, qu'elle avait une capacité d'émerveillement jusque dans le travail. Toi, tu avais du mal à te concentrer. Tu n'étais vraiment heureux que lorsque vous éteigniez la lampe pour vous étendre l'un contre l'autre. Lorsque la nuit redevenait ce paysage de l'amour qui vous était familier et qui vous surprenait toujours, qui s'ouvrait sur des courbes souples et des rires, ce lieu où tu te sentais beau, plein de force et vaillant.

Pendant que vous travailliez ainsi, vous viviez vos dernières semaines. Tu ne le savais pas. Tu pensais au contraire que rien n'arriverait, que tes craintes n'étaient pas fondées, que tu t'étais trompé. Mais c'étaient les derniers moments de votre amour intact. Pourquoi ne les avais-tu pas vécus à fond ? Tu aurais dû garder la main de Sèna fermement dans la tienne quand vous reveniez dans la nuit, écouter attentivement sa voix et tous les mots prononcés sans en perdre un seul, voilà ce que tu aurais dû faire. Ne rien perdre, être complètement là, les yeux et les oreilles bien ouverts, le corps tendu. Enregistrer tous les bruits de la chambre, la couleur de chaque chose, le petit frissonnement de la rue, le matin, avec son odeur de fin d'hiver. Regarder Sèna sortir de la douche avec des gouttelettes sur la peau et son sourire irrésistible, et ne pas t'en lasser. Tous ses gestes, les isoler chaque fois, ne pas les tenir pour acquis. Mais tu étais distrait, tu étais rêveur. Tu ne savais pas. Aujourd'hui, tu voudrais avoir gardé en mémoire toutes les images de vous, comme dans un médaillon que tu pourrais porter sur toi. Tu voudrais pouvoir te souvenir de ces semaines dans les moindres détails, parce que votre amour était encore vivant. Ensuite il tomberait malade.

À la faculté de droit, les étudiants comparaient leurs notes. Tu trouvais cette attitude puérile et tu restais dans ton coin. Tu ne les fréquentais pas, de toute façon. Tu les jugeais trop sérieux et sans humour. Tu ne discutais jamais avec eux à la fin des cours.

En général, tu te dépêchais de rejoindre Sèna. Mais tu t'étais tout de même lié avec l'un d'eux. Max avait l'air aussi perdu que toi dans cet univers. Vous vous étiez retrouvés plusieurs fois l'un à côté de l'autre dans l'amphithéâtre, et il t'avait adressé la parole. Vous aviez pris l'habitude d'aller ensemble à la cafétéria et de discuter entre deux cours. Lui avait complètement raté ses examens, mais il s'en fichait. Le droit ne l'intéressait pas. L'année suivante, il s'inscrirait en philo. Il habitait près du Parlement européen. Un soir, comme vous étiez en pleine discussion et que l'air était doux, tu l'avais accompagné jusque chez lui. Les arbres se couvraient déjà de bourgeons. Le printemps était précoce. Au retour, tu t'étais arrêté chez toi. Tu avais poussé la porte sans crainte. Mais quand tu étais passé devant sa loge, le concierge t'avait intercepté. Ta mère l'avait appelé. Il lui avait appris que tu ne vivais plus vraiment là, mais sûrement chez cette jeune femme « de couleur » avec qui tu étais venu une fois. « Elle a très mal réagi, vous savez. Très mal. Elle m'a demandé qui était cette personne. Et aussi de vous dire que vous deviez rappeler. Impérativement. Elle a même parlé de vous couper les vivres. » Tu avais su alors que tout s'était mis en marche.

Tu étais entré dans ton studio, bouillant de colère. Tu t'étais assis sur ton lit et tu avais tenté de réfléchir. Tu avais été négligent. Tu n'avais pas appelé tes parents depuis Noël. Qu'allait-il se passer maintenant ? Tu ne voulais pas perdre Sèna. Il fallait faire en sorte qu'on ne puisse pas te l'enlever. Tu avais alors décidé que tu couperais les ponts, que tu ferais le mort. Tu ne voulais plus entendre ta mère. Tu avais débranché ton répondeur, tu avais emporté toutes tes affaires – elles tenaient dans une valise – et tu étais sorti. À aucun moment, tu n'avais pensé que tu fuyais, qu'il y avait une autre manière de faire : affronter ta mère, par exemple, et assumer ta vie. Non, il te semblait que tu avais pris une décision importante et réfléchie, courageuse même. Qu'ainsi tu protégeais ton amour. En chemin, tu t'en étais même félicité. Quand en entendant ton pas dans l'escalier, Sèna avait ouvert la porte, elle avait été surprise de te voir avec ta valise. Elle n'avait pas été mécontente, elle avait même souri, mais elle t'avait demandé pourquoi. Tu t'étais alors rendu compte que tu ne pouvais pas lui dire la vérité sans la blesser. Tu ne pouvais pas lui relater ce qui venait de se passer. Cette chose désagréable qui s'était mise en marche. Comment lui dire qu'on ne voudrait pas d'elle dans ta famille ? Comment lui expliquer pourquoi ? Non, tu ne voulais pas de cette laideur. Tu voulais le rire, la légèreté. Tu voulais l'amour sans entraves. Tu avais pris Sèna dans tes bras et tu lui avais répondu en riant qu'ainsi tu n'aurais plus à la quitter du tout, que c'était mieux comme ça. Elle avait été sur le point d'ajouter quelque chose, mais s'était ravisée. Elle ne t'avait pas cru, non, pourtant elle t'avait rendu ton étreinte. Comme tu l'avais aimée alors, comme tu l'avais aimée de te faire confiance !

Mais plus rien n'avait été comme avant. Tu avais introduit dans la chambre un élément étranger. Comme si tu avais ouvert la porte à un vent froid, qui se glissait entre vous, brouillait votre odeur et vous empêchait de vous reconnaître. À quoi t'étais-tu attendu ? À ce que Sèna se réjouisse sans poser de questions ? Elle n'en posait pas d'ailleurs. Mais vous ne pouviez plus parler à cœur ouvert. Un mur de silence s'élevait lentement entre vous. En apparence, pourtant, rien n'avait changé – vous ne vous étiez de toute façon jamais quittés que pour quelques heures. Vous vous rejoigniez toujours après les cours. Vous marchiez dans la ville et vous vous réjouissiez de sa beauté secrète. Vous retrouviez Sourou, Caro et les autres, vous parliez et vous riiez. Vous aimiez les mêmes choses et vous faisiez les mêmes gestes. Mais ta valise dans un coin, tes vêtements dans la minuscule penderie rétrécissaient l'espace de la chambre en même temps que votre espace mental. Tu avais mis Sèna devant le fait accompli et tu ne te rendais pas compte de ton erreur. Elle attendait que tu parles, elle attendait de comprendre et tu ne disais rien. Il t'arrivait quelquefois de surprendre son regard sur toi. Dans ses yeux se lisait une inquiétude, comme si en elle quelque chose se rétractait. C'était fugitif, mais c'était là : quelque chose qui ne se disait pas et qui continuait son chemin. Alors, tu doutais de toi. Tu avais peur de la décevoir, tu savais que tu la décevais, tu avais peur de la perdre, et l'image que tu avais de toi-même se morcelait. Tu t'éveillais à l'aube, oppressé, le cœur battant. Même son corps chaud contre le tien ne pouvait t'apaiser. Tu te sentais petit, faible, insignifiant. Tu te sentais pris au piège. Et la peur, qui ne te quittait plus, prenait toute la place. Il aurait fallu que tu fasses quelque chose, que tu ailles au bout de ta révolte, car la peur se nourrissait de ton inaction. Mais cette même peur t'immobilisait.

Au cours de cette période angoissante, il y avait eu une journée particulièrement belle, un répit. Le ciel était d'un bleu pur. Les magnolias commençaient à fleurir. C'était un dimanche. Vous étiez passés voir Caro le matin et vous aviez décidé de pique-niquer au bord de l'eau. Tout le monde était là : Sourou, Leïla, Mukti, les étudiants malgaches aussi. Vous aviez étalé des couvertures, sorti les provisions. Il y avait des gens partout, beaucoup d'étudiants comme vous. Vous vous étiez passé les bouteilles. Tout le monde était joyeux. Sourou racontait des histoires. Caro et Leïla le taquinaient. Vous vous étiez allongés sur l'herbe. Sèna s'était endormie, la tête sur ton ventre. Tu regardais le ciel. Tu ne pensais à rien. Tu n'avais plus ce sentiment éprouvant que la vie t'échappait. Machinalement, tu avais tourné la tête et tu avais croisé le regard de Mukti, installée tout près de toi. Tu avais vu sa peau de miel, si lisse, si claire. Tu avais vu ses yeux veloutés. Elle t'avait souri et s'était détournée. Tu avais alors eu une drôle de pensée. Une pensée qui t'avait ensuite rempli de confusion. Tu t'étais demandé comment ce serait d'être avec Mukti, comment tu te sentirais si tu étais tombé amoureux d'elle et non de Sèna.

24

Bientôt tu avais été incapable de te lever en même temps que Sèna. Tu craignais son regard du matin, ce regard alerte qui était pour toi comme un jugement. Tu prétextais l'absence d'un professeur ou un cours reporté. Tu faisais semblant de dormir, mais tu la voyais s'habiller, se préparer, si vive que tu en étais irrité. En général, tu te mettais debout dès qu'elle avait fermé la porte, mais un matin tu t'étais rendormi. Quand tu avais ouvert les yeux, tu avais perçu un silence inhabituel, un silence oppressant. Tu t'étais redressé. C'était un jour gris et pluvieux. La lumière que filtrait la fenêtre était mate. Tu t'étais installé dos contre le mur et tu avais regardé autour de toi. Tu avais vu les vêtements sur le sol, les livres empilés sur la chaise, le bol de Sèna avec les restes du petit-déjeuner, tes propres affaires dans un coin. Tu avais vu aussi que l'espace entre le lit et le bureau était inexistant, qu'en allongeant le bras, tu pouvais presque toucher la fenêtre, que la porte s'était rapprochée, que les murs t'écrasaient. La chambre t'était apparue soudain dans ses justes proportions, comme lorsqu'on revient sur un lieu de son enfance qui nous semblait si vaste et que l'on constate qu'il n'est en réalité qu'un carré de terre. Cet abri, ce refuge, cette île, n'était plus maintenant qu'une petite chambre de bonne, étroite et désordonnée. Tu t'y étais pourtant senti si à l'aise. Elle avait eu pour toi une profondeur, une amplitude. Qu'est-ce qui avait changé ? Elle avait perdu sa magie. Et elle avait perdu sa magie parce que c'était toi qui avais changé. Incapable de supporter cette idée, tu t'étais habillé en hâte et tu étais sorti.

Tu avais marché un peu sur les quais. Tu n'étais pas allé très loin, le jour était spongieux. Tu t'étais arrêté au Café de la Victoire, sur le quai des Pêcheurs, en face du restaurant universitaire. Une longue salle claire, des tables en bois, un lieu fréquenté par les étudiants. En t'asseyant près d'une des fenêtres, tu avais remarqué une jeune femme noire, plongée dans un livre qu'elle annotait. Elle ressemblait un peu à Sèna. Tu avais commandé un café. Devant toi, l'Ill se hérissait de clapotis. Les cygnes s'étaient abrités quelque part, les berges étaient vides. Il tombait à présent une pluie lourde qui isolait les passants, lesquels se pressaient, invisibles sous leurs parapluies. Et il te semblait que toi aussi tu étais poussé par quelque chose de désagréable, qui s'insinuait dans ton cou, te glaçait les os et t'éloignait de toi-même. Tu revoyais le visage cireux du concierge : « Elle a même parlé de vous couper les vivres. » Mais on pouvait bien te les couper ! Tu te débrouillerais, tu trouverais du travail, tu leur montrerais que tu n'avais pas besoin d'eux. Tu avais joué un moment avec cette idée. Mais tu savais bien que tu en serais incapable. Peut-être tout se tasserait-il au bout d'un moment, peut-être suffisait-il d'attendre. Un mouvement à la table voisine t'avait fait tourner la tête. Un homme blond venait d'arriver et, avant de s'asseoir, déposait un baiser sur les lèvres de la jeune femme noire. Tu avais été saisi. Tu voyais les bouches s'écraser l'une contre l'autre comme dans un gros plan obscène, les lèvres différentes, le grain des peaux. Est-ce que vous aviez l'air de ça, Sèna et toi ? Tu avais jeté un coup d'œil dans la salle, perçu les regards obliques. Tu avais tout à coup senti une douleur aiguë dans ta poitrine, comme si malgré toi ton cœur se vidait de sa substance. Tu ne pouvais plus les quitter des yeux. Le garçon avait sorti des dossiers, ils se souriaient, ils s'apprêtaient à travailler ensemble, comme tu l'avais si souvent fait avec Sèna. Puis sentant ton regard insistant, il s'était tourné vers toi. Ses yeux étaient interrogateurs, mais amicaux. Tu avais baissé les tiens.

Tu n'avais pas pu retourner dans la petite chambre après ça. À midi, tu avais rejoint Max au restaurant universitaire, vous étiez allés en cours, puis tu l'avais accompagné chez lui. Son studio ressemblait au tien, en plus grand, plus lumineux, plus confortable. Max ne posait pas de questions. D'habitude discret jusqu'à l'indifférence, il t'avait toutefois proposé du schnaps parce que tu n'avais pas l'air dans ton assiette. Il en avait toujours une bouteille « pour les coups durs ». Ses oncles le distillaient encore. Vous étiez installés sur la moquette, et Max parlait de Heidegger et de son *Être et Temps*. Tu vidais tes petits verres sans l'écouter. Le schnaps te brûlait l'œsophage, mais tu aimais l'anesthésie qui s'ensuivait. Tu n'en avais jamais bu, tu n'en connaissais pas les effets pervers. Au bout de très peu de temps, tu étais donc saoul. Mais Heidegger n'était-il pas nazi ? avais-tu tout de même pensé avant de glisser sur les poils doux de la moquette, comme happé par le mouvement d'une porte qui s'ouvre, puis se ferme d'un coup.

Quand, quelques heures plus tard, tu étais rentré, Sèna avait ouvert la porte, livide.

– Qu'est-ce qui se passe, Thomas ? Où étais-tu ?

– Rien, j'étais avec Max, c'est tout. Pourquoi ? Y a un problème ?

– Il n'y a aucun problème ! Mais tu aurais pu me prévenir, me laisser un mot. Il est plus de minuit et tu empestes l'alcool !

Tu t'étais couché sans un mot et tu lui avais tourné le dos. Dans la nuit, Sèna s'était levée pour vomir. Je la dégoûte, avais-tu pensé.

25

Et puis tout était arrivé si vite! C'était un lundi. Un jour affreux. Un jour où rien de bien ne peut se produire. Il y avait d'abord eu Max. Vous sortiez de l'université et tu t'apprêtais à faire un bout de chemin avec lui quand tu avais aperçu Sèna qui t'attendait. Tu avais été surpris et heureux. Tu t'étais avancé vers elle et puis tu avais fait signe à Max de s'approcher. Tu voulais la lui présenter. Max était resté figé. Quelques secondes. Quelques secondes de trop. Puis, sans un signe, sans un mot, il était parti de son côté. Tu avais rejoint Sèna et tu lui avais lancé joyeusement: « Il était pressé. C'était Max. Je vous présenterai une autre fois. » Sèna semblait n'avoir rien remarqué. Elle était préoccupée.

– Thomas, il faut que je te parle.

Tu l'avais suivie jusqu'à la chambre, mais tu ne t'étais pas inquiété, tu pensais à autre chose. Tu pensais au regard de Max, à ce regard qui t'avait mortifié. Aussi tu n'avais pas prêté attention au chemin familier: le quai, la petite rue à gauche, la taverne qui était une ancienne boucherie, la maison haute, la fenêtre au dernier étage, l'escalier.

Ce chemin que vous ne referiez jamais plus ensemble.

Quand tu avais fermé la porte, Sèna s'était tout de suite tournée vers toi, comme si elle ne pouvait garder plus longtemps ce qui à un autre moment l'aurait comblée de joie, mais qui à présent la terrifiait.

– Thomas, je suis enceinte.
– Quoi ?
– J'attends un bébé.
– Mais qu'est-ce que tu racontes ?

Sèna avait fait un pas vers toi. Elle avait pris tes mains dans les siennes.

– Tom, on n'est pas les premiers à qui ça arrive. Et puis tu voulais tellement en avoir ! Des enfants aux mains fines et aux membres déliés, tu disais. Qu'ils ne tardent pas, ils seront aimés. Eh bien, voilà...

Elle essayait de sourire.

Alors tu avais hurlé, et c'était une curieuse sensation, tu en avais si peu l'habitude.

– Mais je n'en veux pas ! Je ne veux pas en avoir avec toi ! Je ne peux pas !

Sèna avait murmuré :
– Qu'est-ce que tu dis ?

Tu avais continué à hurler :
– Je ne peux pas, je ne peux pas en avoir avec toi !

Tu sentais qu'elle faisait des efforts démesurés pour garder son calme.

– Thomas, on se débrouillera. On peut travailler tous les deux.

– Mais tu es folle ! Tu es complètement folle !

Blême de rage, tu étais sorti en claquant la porte.

Tu avançais d'un pas de somnambule. Toute cette rage, ces hurlements, il se passait à l'intérieur de toi des choses que tu ne pouvais plus contrôler. Tout à coup, tu avais eu envie de voir Sourou. Le Perroquet vert n'était pas très loin. Avec un peu de chance, tu l'y trouverais. Tu avais couru, et courir t'avait fait du bien. Sourou était là, effectivement, à sa place habituelle. Et il avait fait d'énormes progrès avec la patronne : elle était debout près de sa table et ils riaient. Tu n'avais pu t'empêcher de l'envier. Il avait fait de grands gestes en t'apercevant et la patronne s'était écartée. Tu avais commandé un cognac. Sourou t'avait regardé. « Ça ne va pas, Tommy ? » Tu ne te souviens plus de ta réponse, ni d'ailleurs de ce qui avait suivi. Mais tu avais eu tout à coup la sensation de n'être plus celui à qui il s'adressait. Tu n'étais plus Tommy, et ce grand échalas à la peau sombre n'était plus l'ami des premiers jours. Qu'avais-tu donc pensé trouver auprès de lui ? Pensais-tu vraiment lui parler de ce qui t'arrivait ? À lui ? Car en t'asseyant à sa table, tu avais senti le regard des autres clients sur toi. Et ce regard, tu l'avais reconnu. C'était celui des passants quand tu marchais avec Sèna, c'était celui du concierge en décembre et c'était celui de Max, cet affreux regard de consternation et de dédain. Ce regard que tu ne voulais pas voir, mais que tu voyais pourtant, qui t'avait empêché d'inviter Sèna chez toi, qui l'avait tenue à distance : un regard de désapprobation. Et c'était ton propre regard sur le couple au Café de la Victoire. Ce regard, il te suivrait partout, toujours. Il te collerait à la peau comme une marque. Ce regard, il était à l'intérieur de toi. Ce regard, tu n'en voulais pas.

Quand tu avais regagné la petite chambre, tu étais véritablement un autre. Dur, hostile. En entendant la porte s'ouvrir, Sèna était venue vers toi, inquiète, décomposée. Tu ne l'avais pas regardée, tu n'avais pas fait un pas vers elle. Tu avais dit : « Je ne veux pas de cet enfant. Je te ferai parvenir l'argent pour que tu t'en débarrasses. » Tu avais commencé à rassembler tes affaires. Sèna s'était jetée contre toi. « Mais tu es ignoble ! » Tu l'avais repoussée, tu avais bouclé ta valise. De ses poings, elle avait frappé ta poitrine. « Pourquoi fais-tu ça ? Pourquoi ? Mais qui es-tu ? Qui es-tu ? » Tu ne savais plus qui tu étais. Tu étais debout au milieu de la chambre, ton bagage à la main. Immobile. Tu avais conscience de la nuit qui se faisait, de l'espace qui se rétrécissait. Du mur qui te séparait de toi-même. Tu entendais la respiration affolée de Sèna, ses sanglots sourds. La chambre était maintenant plongée dans l'obscurité. Sèna n'avait pas allumé, comme si la pénombre permettait d'adoucir ce qui se passait. Elle s'était laissée tomber sur le lit. Tu devinais la forme de son corps agité de soubresauts. Alors, tu t'étais mis à trembler. De tout ton corps, en un mouvement continu, comme si ta peau voulait se mettre à parler. Tu t'étais secoué. Tu avais fait un pas, puis deux, tu avais allongé le bras. Tu avais ouvert la porte, tu l'avais refermée. La rue était froide et silencieuse. Tu tremblais d'horreur. Avant de tourner le coin de la rue, tu t'étais retourné, tu avais levé les yeux vers la fenêtre. Puis tu avais pressé le pas, tu avais marché vite, de plus en plus vite. Mais le train de ta vie s'était arrêté.

26

Ce qui s'était passé ensuite, car il s'était encore passé quelque chose, tu aimerais ne pas avoir à t'en souvenir. Tu aimerais l'avoir expulsé de ta mémoire. Les scènes qui allaient suivre, celle avec Max, celles avec Caro, n'y ont pas leur place. Tu n'en as été que l'acteur aveugle. Ce sont des réalités sans signification, et que cette absence de sens rend encore plus odieuses.

Tu étais allé voir Max et tu lui avais demandé de l'argent pour que Sèna se débarrasse de l'enfant. Ta mère ne t'avait pas encore coupé les vivres, cet argent, tu l'avais. Pourquoi avais-tu fait cela ? Pourquoi avais-tu renié Sèna une deuxième fois ? Pour signifier à Max que tu appartenais toujours à son monde ? Pour adhérer totalement à ce monde ? Pour effacer la tache de son regard ? Tu n'as pas de réponses. Elles seraient insoutenables.

Et Max était devant toi, le buste légèrement penché en avant, extrêmement intéressé par ce que tu lui apprenais. Dans ses yeux, une lueur torve que tu ne lui avais jamais vue.

– Oui, bien sûr, je trouverai l'argent.
– Quand ? Excuse-moi, je ne veux pas te brusquer, mais c'est relativement urgent. On

ne peut pas... je ne veux pas garder l'enfant, tu comprends.

Il avait eu un drôle de rire.

– Bien sûr que je comprends. J'aurais pris la même décision. Ça tombe sous le sens. J'aurai l'argent demain ou après-demain. Je vais simplement le demander à mon père.

– Je te le rendrai dès que je le pourrai.

– Ce n'est pas un problème.

Puis il avait repris :

– Comment vas-tu faire pour être sûr ?

– Sûr ?

– Qu'elle n'a pas décidé de le garder.

Tu avais été surpris.

– Je ne sais pas... Elle ne le gardera sûrement pas dans ces conditions.

– Mais puisque tu ne veux plus la voir, comment sauras-tu ?

– Je... je n'y ai pas pensé.

– Je peux m'en occuper si tu veux. Donne-moi ses coordonnées. J'irai la chercher et je l'emmènerai. Je paierai directement.

Tu l'avais fixé. Dans ses yeux, la lueur torve semblait s'être épaissie.

– Comme ça, tu seras sûr...

– ...

– Alors, quelle est son adresse ?

Ton cœur s'était mis à battre à toute vitesse. Quelque chose essayait de bouger à l'intérieur de toi et n'y parvenait pas, comme dans ces cauchemars où, face à un danger, on ne peut ni courir ni appeler à l'aide. La peur s'était emparée de toi. Une peur horrible, obscure et acérée. La peur de ne pas pouvoir t'opposer à ce qui se passait, la peur de céder, d'obéir. De ne pas avoir la force d'enrayer ce qui suivrait. La peur de renier tout ce que tu avais été. Mais l'infime parcelle qui restait de toi-même avait bougé. Il y avait eu un léger déplacement dans ton estomac. Comme une déchirure souterraine. Tu t'étais mis à trembler : pas ça ! Et dans un violent effort, tu avais réussi à articuler :

– Merci. J'ai... j'ai juste besoin de l'argent.

Tu étais sorti en nage, tremblant encore. Deux jours plus tard, il t'avait remis une enveloppe, sans un mot. Tu ne le reverrais plus, tu lui enverrais ce que tu lui devais. Tu ne voulais plus être lié à lui d'aucune manière.

Alors tu étais allé trouver Caro. Et l'épreuve avait été différente. Tu lui avais remis l'argent, expliqué brièvement. Elle ne t'avait pas dit un mot, mais son visage avait exprimé tant de mépris, tant de dégoût que tu en avais été comme éclaboussé.

Et tu étais allé la voir une deuxième fois.

La question de Max t'avait alerté. Elle avait fait son chemin dans ton esprit. Comment pouvais-tu être sûr, en effet ? Tu avais tourné en rond pendant quelques jours. Puis tu avais attendu encore un peu et tu avais repris le chemin de la cité universitaire. Ce qu'il y avait d'ignoble dans ta démarche ne t'effleurait même pas. Tu t'enfonçais profondément dans ta nuit. Dans le couloir où tu étais venu si souvent en invité et en ami, tu t'étais faufilé avec la peur de rencontrer Sourou, Leïla ou Mukti, et même les étudiants malgaches. Tu avais frappé chez Caro en jetant des coups d'œil à gauche et à droite. Elle avait entrebâillé la porte.

– Qu'est-ce que tu veux ?

– Je voudrais savoir si ça s'est bien passé... pour Sèna, je veux dire. Si elle a... enfin, si c'est fait...

Elle avait eu un hoquet de surprise.

– Oui, espèce de salaud, c'est fait ! Et maintenant, fous le camp !

Puis elle avait claqué la porte.

27

À ta table du Train Bleu, tu restes longtemps immobile. Oui, tu avais été celui-là. Le plus-que-lâche, l'abject. Qui pourra désormais témoigner en ta faveur ? Le jeune homme qui revenait de La Rochelle ne peut plus rien pour toi. Il n'a existé que le temps d'un voyage, d'une rencontre. Son épaisseur était fictive. Son courage n'a été qu'un détour, qu'une possibilité. Tu le revois à son arrivée à Strasbourg un dimanche après-midi en septembre, mais c'est à présent un souvenir cruel, car sa silhouette est celle d'un frère à jamais disparu.

La lettre de ta mère était arrivée à l'université peu de temps après. Elle était brève et sèche. Ton compte avait été bloqué. Tu avais deux jours pour appeler. Deux jours plus tard, tu étais à Chartres. On n'avait même pas eu besoin de te menacer. Tu avais consenti à tout. Quitter Sèna. Quitter Strasbourg. On te trouverait un studio à Paris, où tu reprendrais ton année. Curieusement, cette confrontation est encore très vive dans ta mémoire, même s'il t'avait semblé en être absent. Elle est la porte sur ce qui allait être ta vie désormais. Toi, assis, tête baissée. Ton père faisant les cent pas dans la pièce. Le visage de ta mère au-dessus de toi. Ses lèvres qui claquent. *Une négresse! Comment as-tu pu?*

Tu n'avais pas revu Sèna. Tu avais quitté Strasbourg une semaine après ton retour de Chartres. Tu n'avais revu personne. Ni Sourou, ni Leïla, ni Caro évidemment. Tu avais évité les lieux où tu pouvais les croiser. Tu avais pris d'autres directions, marché vers le nord, vers la Robertsau et ses rues résidentielles, là où tu étais inconnu, anonyme. Loin de ce qui avait été ton royaume. Tu avais aperçu Mukti un jour près de la faculté de droit, remarquable dans son élégant sari. Elle avait changé de trottoir sans te regarder. Elle t'avait jugé, comme ils l'avaient tous fait. Sourou, qui te disait souvent: «Sois plus léger, l'ami. Plus tu voyages léger, plus tu vas loin.» Et il partait d'un grand rire sonore. Où vit-il aujourd'hui? Est-il rentré chez lui? A-t-il couché avec la patronne? Oserais-tu te présenter devant sa porte, comme tu le faisais si librement autrefois, et lui dire que tu n'es allé nulle part?

Tu regardes le livre devant toi, sa couverture lisse. Ne l'ouvre pas. Pas tout de suite. Tu n'y verrais que ta condamnation. Commande un autre cognac pour pouvoir te tromper encore, pour t'accrocher une dernière fois au mensonge. Dis-toi que tu n'y pouvais rien, que tout était tracé d'avance, que tu avais essayé, mais que tu portais en toi une fêlure, qu'en disparaissant Teresa t'avait tout repris, que tu n'osais plus croire en rien. Trompe-toi encore un peu. Pleure sur ton passé. Mais pleure surtout sur l'homme que tu as choisi d'être. Parce que tu as fait ce que font les lâches. Tu t'es protégé de la vérité, de la peine et du remords. Comme ta mère, comme ton père, comme ces parents dont tu ne t'es jamais détaché, tu as cimenté ton cœur. Et la douleur de Sèna, tu n'as jamais osé l'imaginer. Mais en trahissant Sèna, tu as trahi tout ce que tu étais, tu as trahi Teresa, et en cela tu t'es condamné toi-même. Ta liberté n'a plus été qu'un leurre.

Tu avais obéi. Tu avais suivi de ton plein gré le chemin qui t'était tracé. L'avenir prévisible. Tes parents t'avaient trouvé un appartement refait à neuf, rue Saint-Marcel. La rue avait une odeur de feuilles et de poussière, de bitume après la pluie. C'était le lieu de l'immobilité, d'une solitude qui ne se nommait pas. Le lieu d'une infirmité. Tu dormais beaucoup. Tu fermais toujours les portes derrière toi, comme si tu craignais qu'on te surprenne, qu'on te surveille. L'espace te faisait peur. Tu limitais ton périmètre. Tu étais enfermé, tu t'enfermais. Tu étudiais. Tu n'es pas devenu avocat, tu es devenu notaire comme ton père. Tu ne pouvais plus défendre personne, pas même toi. C'était une période abstraite. Une période blanche. Tu avais des amis à qui tu ne parlais pas. Vous fréquentiez les bars de nuit, vous buviez de l'alcool. Tu rentrais avec des femmes qui partaient avant le jour. Tu te durcissais. Tu pensais quelquefois que tu accédais à la maturité.

Un dimanche, le téléphone avait sonné. C'était Élisabeth. Elle venait d'apprendre par ta mère que tu vivais maintenant à Paris. Elle était tout près, dans un café, avec des amis. Elle t'avait demandé si tu accepterais de les rejoindre. Tu avais été heureux de la revoir. Elle ressemblait si peu à ce que tu voulais oublier qu'elle l'annulait. Tu l'avais aimée d'être revenue vers toi. Le monde se refermait sur ce qui n'aurait jamais dû exister. Tout reprenait sa place. Il y avait un ordre des choses. Le monde avait raison. Un an après, elle était devenue ta femme. Vous aviez d'abord loué un appartement rue de la Clef, puis, quand tu avais terminé tes études, vous aviez emménagé à Suresnes. Vous n'aviez pas eu d'enfants. Elle en aurait voulu, tu n'en voulais plus. Élisabeth était patiente et attentionnée. Toujours attachée à ses parents, aux tiens, aux vacances en famille, à l'ordre, à la sécurité. Elle avait longtemps cherché dans tes silences, dans ta fatigue, le jeune homme sensible qu'elle avait connu. Puis elle s'était habituée à ton inertie, à ton détachement. Un peu moins patiente, un peu moins attentionnée, elle avait commencé à prendre les choses en main, à décider pour deux. Toi, tu n'exigeais rien. Le monde tournait sans toi.

28

Pendant toutes ces années, tu t'étais levé, tu t'étais couché, tu avais fait des courses, tu avais travaillé. Ta vie s'était déroulée sans passion, mais tu n'avais pas cessé d'exister. C'est cela qui t'étonne aujourd'hui : qu'on puisse continuer, sans cœur, sans tripes, sans rêves, et penser que tout est à sa place. Mais tu devais espérer quelque chose, comment vivre sinon ? Quel espoir avais-tu ? Parce que, dans une certaine mesure, tu t'étais rebellé. À ta manière : par l'évitement. Éviter les vacances familiales, les dîners avec tes parents ou tes beaux-parents, les week-ends en tête à tête, les voyages. Prétexter le travail, la fatigue. Quand tu étais seul, tu étais un peu heureux. Tu éteignais ton téléphone. Tu fermais toutes les portes. Tu t'allongeais sur le canapé dans ton bureau et tu ouvrais un livre. La lecture était restée un refuge. Elle était devenue un exutoire à l'oubli. Une manière de guetter les bruits derrière les portes comme tu le faisais enfant. Tu étais revenu à cet état de solitude. Les livres étaient les amis que tu n'avais pas. Tu y trouvais les mots que tu ne prononçais plus, les questions qui n'étaient plus les tiennes, la profondeur à laquelle tu avais renoncé. C'était une vie lointaine, passée au filtre de ta défection. Mais il arrivait que de cette vie te parviennent des fragments, des images, et que tu en sois touché en plein cœur. En lisant un jour ces mots de Nina Berberova, tu avais senti le sol se dérober sous tes pieds : « Le nord-est. Une direction malheureuse, redoutable, néfaste. J'ai ce sentiment depuis longtemps, Dieu sait pourquoi. Il est temps de chercher d'où il me vient. » Dans ta poitrine, une porte s'était ouverte avec fracas. Comme si tu portais en toi une chambre close dont on venait de forcer l'ouverture. Tous les souvenirs que tu y avais entassés menaçaient de s'échapper. Tu avais serré tes tempes jusqu'à la douleur pour en arrêter le flot. Tu n'avais pas oublié, tu n'avais fait que rejeter, repousser, enfermer. Tout était à la lisière de ton esprit. Ce jour-là, tu avais compris une chose évidente : tu n'avais jamais cessé de penser à Sèna. Elle t'habitait entièrement, tout le temps, mais son souvenir se manifestait en négatif : dans toutes les choses que tu ne faisais plus. Après Strasbourg, tu avais cessé de marcher : tu avais perdu ton royaume. Tu ne pouvais plus t'exposer aux rues, au ciel, enjamber des ponts, longer des quais et t'asseoir sur un banc. Tu ne pouvais plus t'exposer à la beauté des choses. Aussi Paris t'était-il resté étranger. Tu détournais les yeux devant les couples d'amoureux. Tu ne sortais plus dans la neige. Tu n'entrais plus dans un café. Tu évitais l'aube et la nuit. Tu n'écoutais plus de musique. L'odeur du thé au jasmin t'était insupportable. Voir un cygne te donnait des nausées. Tu ne remarquais plus la couleur du ciel. Quand tu avais emménagé avec Élisabeth, tu avais voulu un lit très grand, et malgré ses protestations parce que la chambre était exiguë, tu n'avais pas cédé. Tu avais oublié à quoi ressemblait la Gare de l'Est. Et jamais plus, tu n'avais levé les yeux sur la fenêtre d'une chambre de bonne. Tu n'attendais plus personne. Tu avançais dans un monde amputé. En quittant Strasbourg, tu n'avais emporté qu'une chose : le goût de la lecture. Sèna avait gardé tout le reste.

29

Peu de temps après ce jour-là, tu avais vécu une étrange expérience. Elle n'avait rien changé à ta vie, mais elle lui avait donné pendant un moment une sorte de douceur. Tu étais allé voir un client à Dinan. Pour pouvoir faire l'aller et retour dans la journée, tu étais parti très tôt, et il était à peine midi quand tu avais fini ton travail. Tu pouvais déjeuner là : tu étais entré dans la vieille ville qui était à deux pas. Il tombait une petite bruine qui t'obligeait à marcher tête baissée, mais tu avais conscience des maisons à pans de bois, des pavés, d'une architecture familière. Les rues étaient désertes. Il n'y avait trace de vie nulle part. Et tout à coup, dans un petit bout de rue qui s'incurvait, brouillée par la pluie, comme au centre d'un périmètre qui n'appartenait à rien, tu t'étais senti hors du monde et tout à fait à ta place. Retranché et curieusement libre. C'était une sensation profonde, légèrement euphorisante, la sensation de comprendre des choses, d'accéder à un savoir nouveau, comme lorsqu'on fume une cigarette après longtemps. Tu t'étais tenu immobile, attentif, et tu avais perçu une petite musique ancienne battre dans tes veines.

Tu t'étais dit que tu n'étais pas tout à fait mort. Tu avais alors eu envie d'élargir l'espace entre toi et ta vie et de ne pas te mettre en route tout de suite. Tu avais prévenu Élisabeth que tu ne rentrerais que le lendemain, puis tu avais éteint ton téléphone. Tu avais pris une chambre à l'Hôtel Du Guesclin. Le nom de ce héros médiéval t'avait fait sourire. Allongé sur le lit, les mains derrière la nuque, tu n'apercevais que le ciel. Tu avais vu le jour décliner, la nuit tomber puis s'installer, tu avais entendu la pluie murmurer sur la vitre, et pendant ces quelques heures volées au prévisible, tu avais retrouvé un peu celui que tu avais été.

Mais il aurait fallu beaucoup plus pour faire basculer le cours de ton existence. Tu avançais depuis trop longtemps en marge des choses. Tu étais devenu un homme commun. Un homme qui retardait le moment de rentrer à la maison après sa journée de travail, qui évitait les tête-à-tête avec sa femme dans le long appartement silencieux et blanc. Car cet appartement, tu le trouvais plus vide encore quand Élisabeth te racontait sa journée, pareille à celle de la veille – le cabinet dentaire, les clients, Christelle son associée, l'argent qui rentrait. Tu ne trouvais rien à répondre à ce babillage. Tu t'asseyais au salon et tu allumais la télévision. Tu avais compris qu'il s'agissait là d'un détour incontournable, du passage obligé de la normalité. Tu entendais Élisabeth ranger deux ou trois choses dans la cuisine et te rejoindre pieds nus sur le parquet de chêne. Elle avait troqué son tailleur impeccable contre un jean et un pull. Elle s'allongeait sur le canapé blanc et mettait ses pieds sur tes genoux. Ce geste qu'elle faisait chaque soir semblait tant la satisfaire – peut-être s'en enorgueillissait-elle le lendemain devant Christelle, de cette proximité que vous aviez encore, de cette décontraction –, alors que les manifestations de sa tendresse s'étaient raréfiées, que tu te demandais quel sens il revêtait dans son esprit. Car ces pieds blancs aux ongles rouge sang pesaient sur tes genoux de tout le poids de ta passivité. Ils semblaient te contraindre, imposer leur présence, te soumettre. Tu ne te lèverais pas, tu ne te réfugierais pas dans ton bureau. Ce n'est pas ainsi que cela se passerait. Tu tentais alors de te persuader que ces soirées, où Élisabeth imposait son programme, te reposaient de ta fatigue, te distrayaient, t'apportaient un peu de la légèreté dont tu manquais. Cette vie que vous étiez si nombreux à mener ne devait tout de même pas être si écrasante. Tu faisais un effort. Sur l'écran, tu suivais l'intrigue, tu réagissais à un mot drôle, tu appréciais un trait d'humour. Élisabeth te souriait, satisfaite de te sentir présent, et ses ongles rouges effleuraient doucement tes genoux dans un simulacre de caresse. Tu attendais qu'elle aille se coucher, et souvent qu'elle s'endorme, pour te lever à ton tour, épuisé de vide.

30

Tu ne savais toutefois ce qui t'accablait le plus, cette solitude à deux ou celle des soirées entre amis – les amis d'Élisabeth. C'étaient des couples aux appartements semblables au vôtre, baies vitrées, graphisme en noir et blanc, lignes épurées, meubles Le Corbusier. Mais chez chacun d'eux, un enfant traversait le décor. Christelle était dentiste et l'associée d'Élisabeth ; Jérôme, architecte. Louise-Anne, la sœur de Christelle, et Samuel étaient avocats. Élisabeth les invitait régulièrement, quelquefois sans te prévenir. Il t'arrivait de rentrer et de les trouver là dans des conversations d'amis de longue date auxquelles ils ne t'intégraient pas, où passaient des prénoms, des faits, des lieux qui ne te disaient rien. Tu détestais ces repas où tu te sentais de trop, où Élisabeth n'avait pas un geste pour toi, et où, au bout d'un moment, Samuel t'interrogeait sur la santé de l'immobilier. Tu sentais chez lui de la condescendance. Les notaires n'étaient-ils pas tous des « planqués » ? Tu le trouvais imbu de lui-même, désagréable et hypocrite. Et tu n'aimais pas sa manière de regarder Élisabeth, en biais, pendant que sa femme pérorait à côté de lui. Au cours de ces soirées, tu parlais bourse, voitures de sport, vins, golf. Tu feignais d'être à l'aise. Mais une fois tout le monde parti, tu te sentais en colère, vaguement humilié. Tu en voulais à Élisabeth de ne pas te comprendre davantage, de ne pas essayer de le faire. En se déshabillant, elle te lançait sans te regarder :

– C'était une soirée agréable, n'est-ce pas, chéri ?

Quelquefois tu réagissais. Tu lui tournais le dos, ne répondais pas. Tu éteignais la lumière de ton côté. Elle te reprochait alors ta misanthropie.

– Tu ne sais pas t'amuser. D'ailleurs, tu ne veux jamais voir personne ! Pourquoi tu ne joues plus au tennis avec Jérôme ? Jérôme est la crème des hommes. Tout le monde l'apprécie. Sauf toi, bien sûr. Toi, tu n'apprécies personne. Tu es complètement asocial !

Tu avais joué au tennis avec Jérôme. Dans les premiers temps, tu avais même beaucoup apprécié sa compagnie. Après le match, vous alliez boire un verre. Vous parliez tennis, architecture, livres. Tu le trouvais cultivé, sensible – à l'opposé de ce qu'était Samuel. Au début, vous vous en teniez à cela, à ces sujets généraux, mais non dénués d'intérêt, un peu d'économie, un peu de politique aussi. Puis il avait commencé à te confier des petites choses sur sa relation avec Christelle. Des petites choses qui ne portaient pas à conséquence. Tu pouvais lui rendre la pareille, rapporter toi aussi quelques anecdotes sur Élisabeth : elle était souvent en retard par exemple. Puis il t'avait parlé de leur longue amitié à tous les quatre. Ils avaient rencontré Élisabeth par l'intermédiaire de Christelle quand ils étaient étudiants.

– Je dois t'avouer que j'étais un peu amoureux d'elle. Avant de l'être de Christelle. Mais c'est Samuel qui a su y faire. Ils ont eu une petite idylle qui n'a pas duré très longtemps, puisque tu es revenu dans le décor. Mais tu sais tout cela...

Tu ne savais pas tout cela, non. Et si tu en avais été un peu affecté, c'était simplement parce qu'il s'agissait de Samuel. Mais tu n'en avais pas voulu à Jérôme. Ce n'était pas cette maladresse qui t'avait éloigné de lui. Ce qui t'avait éloigné de lui, c'était bien autre chose. Ce jour-là, il s'était querellé avec Christelle au sujet d'une histoire sans importance. Sa voiture était chez le garagiste, Christelle avait promis de passer le chercher à son cabinet, mais elle avait oublié. Il avait dû se faire raccompagner par son associé. Sur le court, il n'avait pas bien joué et il avait abandonné la partie. Il t'avait ensuite entraîné dans un bar. Il avait commandé un whisky, puis un autre. Il avait l'air malheureux. Tu étais étonné qu'il soit si affecté, tu le lui avais dit, ça n'en valait pas la peine, ce n'était vraiment rien, ça pouvait arriver.

– Je sais, mais chaque fois qu'il y a un conflit, même mineur, avec Christelle, je pense que ma vie n'aurait pas dû être celle-là.

Tu t'étais tu, mal à l'aise tout à coup. Tu te méfiais des confidences. Malgré ton silence, il avait poursuivi.

– Je n'en parle pas souvent. C'est encore douloureux... Mais je devais me marier, avant de rencontrer Christelle.

Tu essayais de ne pas écouter, de ne rien entendre. Pourquoi te parlait-il de cela ?

– Elle est morte dans un accident de voiture un peu avant le mariage. C'est plus fort que moi, dès qu'il y a un problème avec Christelle, je ne peux pas m'empêcher de comparer.

Ton cœur battait à toute vitesse. Tu voulais juste sortir de ce bar, rentrer chez toi.

– On a tous des choses comme ça dans nos vies, hein ?

Tu n'avais pas répondu et tu pensais que vous en resteriez là, mais c'est alors qu'il avait ajouté :

– Pour toi aussi, Thomas, il doit y avoir quelque chose, non ? Tu es toujours tellement réservé, à fleur de peau...

Il n'avait pas pu terminer sa phrase. Tu avais payé et tu étais sorti. Tu étais en rage. Tu n'avais aucune estime pour les pleurnichards et les indélicats ! Dans la soirée, il t'avait laissé un message, il s'était excusé. Mais entre lui et toi, la porte était désormais fermée. Il n'avait jamais révélé la raison de votre brouille. Quand vous vous rencontriez maintenant, c'était comme si rien ne s'était passé, mais vous ne cherchiez plus la compagnie l'un de l'autre.

Tu te protégeais du dehors. Tu te protégeais de toi-même. Tu ne pouvais pas avoir d'ami. Tu n'avais rien à dire, rien à partager, tu n'avais pas de souvenirs à évoquer, tu n'avais pas de passé. Tu ne supportais pas les questions, les épanchements. On ne pouvait pas t'atteindre, te toucher, t'émouvoir. Tu étais condamné à ta solitude. Tous tes efforts pour maintenir le cap, pour étouffer le chagrin et les remords, t'épuisaient, te ternissaient.

Tu avais des maux de dos qui t'obligeaient à rester allongé des heures entières. Cela avait commencé la première année de ton mariage. Tu étais rentré tard, après une journée de travail harassante. En sortant de ta voiture, tu avais fait un faux mouvement et tu n'avais pas pu te redresser. Tu étais remonté jusqu'à l'appartement en grimaçant de douleur. Ces douleurs qui te vrillaient le dos seraient désormais tes compagnes, des compagnes imprévisibles et tenaces. Malgré les traitements et les massages, malgré le temps, elles n'avaient jamais vraiment disparu. Elles cessaient, revenaient. Elles pouvaient te surprendre n'importe quand, mais surtout les soirs où tu rentrais sans allant, sans désir, les soirs où ouvrir la porte était déjà une épreuve. Alors tu t'étendais sur le sol lisse, comme ce gisant que tu étais de toute façon, et tu n'avais plus à cacher ta souffrance. Tu pouvais t'y abandonner. Élisabeth, inquiète, se taisait. Elle ne te rejoindrait pas sur le canapé blanc, ne jetterait pas ses pieds sur tes genoux. Tu ne subirais pas de programme de télévision absurde. Tu n'avais plus de rôle à jouer. Tu n'avais plus d'effort à fournir pour écouter, sembler t'intéresser. Personne ne te poserait de questions. Personne ne te demanderait d'être ce que tu n'étais pas. Tu pouvais fermer les yeux, faire le mort, disparaître.

Un jour où, le corps cassé, tu t'étais traîné dans la salle de bain, tu avais aperçu ton visage dans le miroir. Un visage fermé, aveugle, ravagé. Tu n'avais pas quarante ans et tu étais déjà vieux. Voilà de quoi tu avais payé. Voilà quelle avait été ta peine. Des larmes jamais versées. Une vie tranchée sur la longueur. Un vide ahurissant. Si, par miracle, Sèna apparaissait devant toi, tu lui montrerais simplement ce visage d'homme englouti et peut-être alors te pardonnerait-elle. Car comment pourrais-tu vivre maintenant sans son pardon ?

31

En levant la tête, tu aperçois l'heure à l'horloge. À Aix, le train entrera bientôt en gare. Bientôt Élisabeth montera dans sa voiture. Tu peux encore la prévenir, lui dire que tu es retenu à l'étude, que tu prendras le train du lendemain. Tu te donnerais vingt-quatre heures ? Vingt-quatre heures pour en finir avec Sèna ? Et puis continuer ? Revoir le visage de ta mère ? Non. Ta mère, tu ne l'avais plus jamais regardée dans les yeux. Elle n'était qu'une silhouette en périphérie de ton champ visuel. Une silhouette qui bougeait, qui s'asseyait à table en face de toi, une silhouette que tu avais vue à la fois s'empâter et se redresser. Ta mère avait pris de l'embonpoint et de l'assurance : elle avait fait de toi ce qu'elle voulait. À ton mariage, tu avais refusé son bras, mais cela lui importait peu. Elle avait gagné. Tu étais rentré dans le rang. Depuis, tu tentais de te tenir loin d'elle. Tu refusais Chartres et les repas de fêtes, tu n'acceptais que l'appartement de Suresnes de temps en temps et, une fois l'an, la maison de Provence, là où tu pouvais t'isoler. Car si tu ne lui adressais jamais vraiment la parole, tu l'entendais. Tu l'entendais écraser le monde sous les lieux communs. « On a dû le congédier, il était fainéant comme un nègre. Mais ne me dites pas qu'ils sont pauvres dans ces pays-là, ils dansent tout le temps. Tiens, on va boire un verre, ça conserve ! » Cela t'était insupportable. Tu te réfugiais alors dans ton bureau ou, si vous étiez dans la maison du Midi, dans la chambre blanche dont le balcon donnait sur l'arrière. De cette chambre, tu t'échappais parfois pendant qu'ils discutaient tous les trois sur la terrasse. Tu descendais l'escalier discrètement. Tu entendais la voix d'Élisabeth. Tu sortais par l'arrière, tu prenais le chemin qui montait abruptement entre les massifs de broussailles et les chênes verts. Tu grimpais dans des odeurs de thym et de genévrier. Quand tu atteignais le sommet, la montagne Sainte-Victoire se dressait devant toi. Tu voyais distinctement ses flancs calcaires. Le soleil était sur le point de se coucher. Tu t'appuyais contre un chêne dans cette lumière orangée et tu attendais que le jour s'éteigne. Tu restais quelquefois des heures dans l'obscurité odorante à éprouver ta solitude. Tu redescendais avec précaution, en te tenant aux arbres et aux racines, et tu atteignais la maison enfin muette. Élisabeth ne te faisait jamais de reproches. Elle n'était pas vraiment ton alliée, mais elle n'était pas ton ennemie non plus. Souvent, quand tu revenais de ces escapades, elle t'ouvrait les bras avec douceur, son corps se tendait vers le tien, comme si elle voulait te consoler d'être si seul – mais jamais dans la journée elle ne faisait quelque chose dans ce sens. Tu ne te refusais pas à elle. C'était un tribut à payer pour ta tranquillité. Ainsi, il n'y avait ni scènes ni remises en question. L'illusion pouvait être maintenue. En raison de cette ardeur, tu t'étais demandé si Élisabeth avait un amant. Ce m'as-tu-vu de Samuel ? Jérôme ? Toutes ces soirées où tu ne l'accompagnais pas, où elle rentrait tard. Où tu ne posais pas de questions, où elle ne te disait rien. C'était possible, c'était même probable. Elle n'avait même pas à se cacher. Tout était si simple avec toi. Votre pacte te semblait alors bien étrange. Vous vous donniez l'un à l'autre pour les mêmes raisons : ne pas éveiller les soupçons. Votre union, née de la ruse maternelle, ne tenait que par d'autres ruses. Mais Élisabeth ne semblait pas malheureuse. Elle était dans son élément. Elle aimait ces vacances en famille, les sorties avec tes parents, le bridge, le golf. Toi, tu te levais tôt pour pouvoir prendre ton petit-déjeuner tranquille et tu t'absentais toute la matinée. Tu partais à vélo jusqu'à Aix ou tu prenais un des nombreux chemins qui partaient de derrière la maison. Dans ce paysage de pierres et d'oliviers, dans ce silence, tu te défaisais de ta fatigue, de ta tension. Quand tu rentrais, tout le monde était parti. Tu déjeunais sur la terrasse à l'ombre du tilleul, puis tu montais faire une sieste. Dans l'après-midi, tu entendais la voiture s'arrêter dans la cour et tu te demandais comment tu pourrais encore repousser les heures. Ce jeu de cache-cache, tu l'as joué pendant si longtemps! Pourquoi t'es-tu obligé à cela? Chaque année, tu as pris ce train pour passer une semaine à essayer de ne pas voir ta mère, de ne pas l'entendre. Un été pourtant, sans que tu saches vraiment pourquoi, tu l'avais observée à son insu. Tu t'apprêtais à sortir sans bruit par la porte de derrière, elle était seule dans le salon. Tu t'étais glissé sous l'escalier et tu l'avais épiée. Elle s'était servi un verre et s'était assise. Elle regardait devant elle. Elle n'avait plus depuis longtemps la silhouette sèche de ton enfance, même sa manière d'être immobile était différente. Elle ne ressemblait plus non plus à celle dont tu avais refusé le bras à ton mariage. Le visage que tu voyais maintenant était le résultat de transformations successives, mais quelque chose s'y était cristallisé : la sécheresse et la méchanceté, la bêtise, la sournoiserie. Comme si avec l'âge ce visage la trahissait, révélait ce qu'elle avait toujours été. Une pensée avait alors traversé ton esprit, une image que tu n'avais pas pu saisir, qui était restée aveugle. Tout à coup, cette image s'éclaircit et se laisse déchiffrer. Tout à coup, tu établis le lien qui t'avait échappé à ce moment-là : ta mère et le départ de Teresa. Tu es si troublé par cette évidence que pendant un instant ton esprit se vide. Tu ne te souviens de rien. Tu ne sais plus où tu es. Puis tu te secoues. Tes yeux se posent sur le livre qui attend d'être ouvert. Tu en caresses doucement la couverture. Et tu sais qu'avant de connaître cette vérité-là, il te faut en découvrir une autre : celle de tes treize ans.

III

32

Quand tu ouvres la porte de ton appartement, tu es aveuglé par la lumière. C'est une heure que tu connais peu, l'après-midi d'un jour de semaine. On dirait que la lumière soulève le silence qui s'est déposé là depuis des années. Des couches et des couches de silence. Tu avances dans l'appartement comme s'il t'était étranger. Tu te souviens de tes gestes du matin, avant de partir à la gare. Ils sont encore inscrits dans l'épaisseur des murs. Tu t'étais préparé un plateau et tu t'étais installé devant la fenêtre du salon. L'arbre dans la cour s'éveillait doucement. Il y avait quelque chose de calme dans la lumière, une poussière dans le silence. Tes gestes étaient lents, ton corps, apaisé. Tu avais regardé longtemps le soleil jouer sur ta tasse. Un moment, tu avais songé que tu pourrais te rendormir, t'allonger sur le canapé, fermer les yeux encore un peu. Mais tu avais jeté un coup d'œil à ta montre : il était temps de partir. C'était la dernière fois que ce lieu avait été le tien, que tu t'y étais senti chez toi.

Pendant que tu te diriges vers ton bureau, le téléphone sonne. Tu ne réponds pas. On raccroche avant que le répondeur se mette en marche. Tu as envoyé un message texte à Élisabeth la prévenant que tu ne viendrais pas. Seulement ceci : tu ne viendrais pas. Quelle raison aurais-tu pu donner ? Tu allumes ton ordinateur et au moment d'écrire le nom précieux de ton enfance, quelque chose vibre autour toi, quelque chose tremble. Tu tapes bravement Teresa Zapelli, puis Lorenzo Zapelli. Au bout de quelques minutes, tu trouves ce que tu cherches : Garage Mario Zapelli. À Dreux. Est-ce là qu'ils s'étaient installés, si près de Chartres ?

Tu éprouves alors une sorte de vertige. Tu sais très bien que tu vas monter dans ta voiture et partir. Mais tu as besoin de dissiper un étrange sentiment qui t'immobilise, une sorte de regret si profond de tout ce temps perdu qu'il en est physiquement douloureux. Ainsi, tout avait toujours été à ta portée. Tu te souviens d'un conte de ton enfance où un jeune prince erre dans le château de ses parents, se croyant seul et abandonné, alors qu'un sort a simplement rendu son entourage invisible. Ainsi, Teresa n'avait jamais été loin. Dans la ville voisine, à la lisière de ton existence, elle avait continué à vivre, à coudre, à tricoter, à broder sur des nappes blanches des cerises et des citrons, des iris et des chardons, à étaler la pâte en pesant sur le rouleau à pâtisserie, à embaumer sa cuisine, invisible à tes seuls yeux. Peut-être t'avait-elle fait des signes, peut-être avait-elle appelé ton nom. Inconsolable, tu avais continué ton chemin. Peut-être aviez-vous emprunté la même rue, marché dans la même foule. Vous vous étiez croisés, frôlés peut-être. Aurait-il suffi d'un mouvement de la tête – regarder dans une direction plutôt que dans une autre –, d'une hésitation – changer d'avis, revenir sur tes pas –, pour que tu te retrouves face à elle et que soit brisé le sortilège? Pour que tout soit changé?

Tu regardes autour de toi: ce bureau qui a été à la fois ton refuge et ta prison. Cette solitude stupéfiante. Cette vie réduite. Si différente de celle que tu imaginais enfant, quand tu lisais pour Teresa d'étonnantes aventures, quand tu l'écoutais te parler de la beauté des choses. Si différente de celle que tu avais désirée avec Sèna: des rires et des enfants longs et élégants. Ta vie stérile, immobile.

Et maintenant? Maintenant tu te ressaisis. Maintenant il y a Mario qui te mènera à Teresa. Maintenant tout est changé. Tu te lèves et tu reprends ta valise. Tu songes alors que pour la deuxième fois tu fuis loin d'Élisabeth et de tes parents. Et cela te procure une immense bouffée de plaisir, comme si le jeune homme de La Rochelle apparaissait derrière les dunes et te faisait un signe de la main.

33

Tu sors de Suresnes par la départementale et tu atteins l'autoroute. Tu ne sais pas ce que tu vas trouver au bout de ces soixante-quinze kilomètres, mais il y a longtemps que tu n'as pas été aussi résolu. Tu as envie d'écouter de la musique. Comme tu n'as pas de disques, tu allumes l'autoradio et syntonises une station de jazz. Il te semble retrouver des gestes que tu n'as jamais eus. Le paysage défile, apaisant, de grandes étendues vert et jaune, des fermes isolées. Tu quittes l'autoroute pour la nationale et tu ralentis encore l'allure. Tu ne veux pas arriver trop vite. Ce voyage a besoin d'une durée. Il a besoin d'images et de couleurs. Il a besoin de s'écrire pour exister. Tu veux pouvoir penser : Le jour où j'ai retrouvé Mario, c'était un jour de juillet, le soleil était haut dans le ciel, les paysages étaient vert et jaune. Ce sera la première page d'un livre qui n'en contiendra peut-être pas plus. Tu ne le sais pas. À mi-parcours, tu te rends compte que tu meurs de faim. Tu quittes la nationale et entres dans la ville la plus proche : Houdan. Tu trouves un café-restaurant un peu en retrait de la route avec deux tables désertes sous des parasols. Tu t'installes sous l'un d'eux. La cuisine est fermée, mais on peut te servir des viandes froides et des crudités. Tu bois une bière. Tu penses aux jumeaux. Ils avaient dix ans quand tu les as vus pour la dernière fois. Tu avais toujours un peu de mal à les distinguer, mais tu te souviens que Mario était le plus espiègle et le plus turbulent des deux. Se souviendra-t-il de toi ? Une vie entière vous sépare. La tienne se résume à peu de choses. Depuis l'été où tu es parti, tu as simplement fait une boucle, tu es revenu au point de départ. Mais aujourd'hui, tu as des questions et les yeux bien ouverts. Tu termines ton assiette lentement en regardant les gens qui passent. La serveuse vient débarrasser. Tu paies, tu lui souris.

Puis c'est tout de suite Dreux et tu rates la déviation. Comme le garage est à la sortie de la ville, tu dois traverser toute l'agglomération. Tu es tenté de t'arrêter encore un moment, tout te paraît trop rapide, trop facile. Le nom, l'adresse sur l'écran de ton ordinateur, un lieu si proche. En quelques heures, après des années d'immobilité, tu as fait un bond incroyable entre ce que tu étais ce matin et ce que tu t'apprêtes à trouver. Tu hésites, mais tu es tout près maintenant, il faut y aller. Tu t'engages sur la départementale. Des arbres, quelques maisons. L'enseigne au loin. Un chemin qui t'attend depuis si longtemps. Tu ralentis, t'engages dans l'allée. Tu te gares un peu en retrait. Tu descends et marches vers l'atelier de réparation.

Deux hommes en combinaison de mécanicien entourent une Mercedes. Tu t'avances vers eux. Le plus âgé se retourne. Grand, les yeux très noirs, les traits fins. Ces yeux, tu les reconnais. Il s'essuie les mains sur un chiffon en s'avançant vers toi. Comme tu ne dis rien, il te regarde différemment. Vous êtes maintenant face à face. Ton cœur bat vite. Il se tait aussi, puisque ton silence est une question. Il cherche à y répondre. Tu vois sa mémoire en action, elle prend un long chemin entre une multitude de possibles, elle trie, élimine, est peut-être sur une piste, se ravise, essaie encore, se rapproche et, en un éclair, se souvient.

– Tu me reconnais ?

Vous êtes dans son bureau. Il répète « Thomas » doucement en hochant la tête. Tu es heureux qu'il ne te tape pas dans le dos en te demandant : « Qu'est-ce que tu deviens ? » Tu es heureux que tout soit si délicat. Il te sourit et tu revois l'enfant tendre et chaleureux qui te prenait la main à la sortie de l'école. Mais c'est curieux de le voir seul, comme s'il manquait deux pieds à une chaise. Tu dis : « Vous m'avez beaucoup manqué. »

Il te regarde dans les yeux :

– Pourquoi ne t'a-t-on plus jamais revu ?

– Je ne savais pas où vous étiez partis ! Je suis rentré de vacances et vous n'étiez plus là. Est-ce que tu te souviens de votre départ ?

– Je ne m'en souviens pas avec précision. Mais quand on s'est retrouvés à Dreux, ma mère nous disait toujours qu'on te reverrait bientôt. Pourquoi ne t'a-t-on jamais revu ?

– C'est une histoire compliquée, que je ne comprends pas moi-même. C'est aussi un peu pour ça que je suis ici. Je voudrais savoir ce qui s'est passé.

Puis tu reprends :

– Est-ce que vous avez été heureux à Dreux ?

Il te regarde avec douceur.

– Jean-Baptiste et moi, on était encore des enfants, tu sais. On s'est fait des amis et on a oublié.

– Et Teresa ?

Il sourit.

– Ma mère, tu le sais, peut être heureuse partout. Mais je me souviens qu'il lui a fallu un peu de temps. Au début, il y avait comme quelque chose de brouillé. Mais on habitait une belle rue et il y avait plein d'enfants. Et aussi beaucoup de gens qui aimaient ma mère.

Il ne te regarde pas. Tu te demandes s'il se souvient de la tienne, si ses derniers mots y font référence.

– Mes parents vivent encore dans le quartier. Mon père y a construit une maison. Je vais te noter leur adresse. Ils seront contents de te voir. Ils rentrent à la fin du mois. Ils sont à Menton. Ils ont acheté une vieille maison là-bas qu'ils ont retapée. Ils avaient envie de se rapprocher de l'Italie.

Tu es déçu un court instant, mais tu dis :

– J'aimerais aller les voir. Maintenant. J'ai un peu de temps devant moi. Tu crois que ce serait possible ?

Il sourit.

– Mais oui. Tu veux que je les prévienne ?

– Je ne sais pas.

– Comme tu veux... Ce sera une surprise alors.

– Comment va Jean-Baptiste ?

– Il travaille à Paris, il est professeur de chimie. On est mariés tous les deux et on a chacun une petite fille, dit-il en riant. Elles sont toutes les deux avec leurs grands-parents. Tu vas les rencontrer.

Tu sens qu'il voudrait te demander comment tu vis, si tu es marié toi aussi, si tu as des enfants, mais qu'il n'ose pas. Qu'il y a dans ton apparence quelque chose qui l'en empêche, et encore une fois, tu lui en es reconnaissant.

Tu aimerais savoir quels sont ses souvenirs de l'époque où tu vivais près d'eux. Cela te ferait du bien, mais l'apprenti vient frapper à la porte.

– Patron, on a besoin de vous.

– J'arrive.

Il griffonne quelques mots sur un bloc-notes, puis se tourne vers toi.

– Bon, voilà les deux adresses.

Il t'accompagne jusqu'à ta voiture, tapote la carrosserie neuve.

– Beau modèle.

Puis il met les deux mains sur tes épaules.

– Cette fois-ci, reviens.

Tu as envie de voir la maison de Dreux. La maison de Teresa. Celle où elle a vécu pendant toutes les années de son invisibilité. Celle de la ville voisine. Mais au bout de la départementale, avant d'entrer de nouveau dans la ville, tu t'arrêtes. Tu poses la tête sur le volant et tu éclates en sanglots. Des sanglots profonds, rugueux, des spasmes qui te soulagent. Tu ne la verras pas tout de suite. Tu désactives ton GPS et tu redémarres.

34

Tu prends la direction de Paris, puis l'autoroute vers le sud. C'est la fin de l'après-midi, ton corps accuse la fatigue, la lumière s'adoucit. Tu roules vite maintenant, mais tu te sens épuisé. Cette journée a été si longue, si dense. Au bout de deux heures, à la hauteur d'Auxerre, tu décides de faire une halte, de passer la nuit là. Tu contournes la ville, et juste avant les vignobles, tu t'arrêtes devant une hostellerie aménagée dans d'anciennes maisons rurales : l'Hostellerie de la cerise. Ce nom te plaît, l'endroit aussi. Les volets sont peints en rouge, les murs, recouverts de vigne vierge. Tu gares ta voiture dans une cour fleurie. La fenêtre de ta chambre donne sur les vignes. La lumière vacille, tout comme toi, ivre de fatigue. Tu te déshabilles. Tu poses le livre sur la table de chevet. Tu vas prendre une douche et tu te glisses dans les draps. Tu t'endors presque immédiatement. Mais avant de sombrer dans le sommeil, tu te poses cette question étrange : seras-tu le même à ton réveil ?

C'est une nuit extrêmement calme. Tu dors d'un trait, dans un bien-être inaccoutumé. Mais avec la conscience de ta présence en un lieu où nul ne sait que tu te trouves, avec celle de la journée qui t'a amené là, de la route déviée et de ta destination. C'est une longue nuit, calme et dense, où ton corps se refait, se dépose, immobile et poreux. Il franchit pourtant une distance insensée, car c'est une nuit de séparation. Il se délivre des années vaines. Il laisse sous les draps soyeux cette peau dont tu ne veux plus. Tu n'as pas de crainte à avoir, tu ne seras plus l'homme que tu as été.

Tu ne rêves qu'à la toute fin de la nuit. Un rêve rapide, comme un rideau qui claque. Tu lèves les yeux vers une fenêtre. Une femme y apparaît, souriante. Tu t'éloignes et tu te retournes. Elle est toujours là, immobile, reconnaissable encore, puis rien, juste un tremblement du jour. Tu ouvres les yeux. Le soleil matinal glisse sur le couvre-lit rouge. Tu sais immédiatement où tu es. Tu sais immédiatement que tu as raison d'être là. Tu fais imperceptiblement un mouvement de la tête. Tu approuves. En même temps, tu voudrais retenir ton rêve, te souvenir du visage de cette femme. Le soleil se pose sur ton bras et le rêve t'échappe, mais il cède la place à une autre sensation, celle des étés de ton enfance avec Teresa. Les matins dans sa cuisine. L'odeur du basilic et de l'herbe coupée. Puis tu revois les jumeaux qui courent vers toi, et Mario penché sur le moteur de la Mercedes, Mario qui met ses mains sur tes épaules « Cette fois, reviens. » Et puis : « Ma mère nous disait toujours qu'on te reverrait. » Teresa avait-elle cherché à te retrouver ? Était-elle venue sans qu'on te le dise ? T'avait-elle attendu ? Des bruits de couverts te parviennent dans le silence. On sert le petit-déjeuner dans le jardin. Tu te lèves. Tu regardes par la fenêtre. Les vignobles sont enveloppés dans un halo de brume. Tu te dis La journée sera chaude. Et cela te réjouit. Avant de descendre, tu rallumes ton téléphone. Élisabeth a appelé cinq fois et laissé deux messages : Mais où es-tu ? Rappelle-moi !

Dans le jardin, une seule table est occupée, par une jolie femme. Tu la salues, tu lui souris. Tu t'assieds sous les arbres, près des massifs d'hortensias. Tu sens qu'elle te regarde. Tu ne lèves pas la tête, mais tu en éprouves un certain plaisir. Tu l'as remarqué en te rasant, ton visage n'est plus tout à fait celui d'hier. Il y a un éclat nouveau dans tes yeux. Tu verras Teresa ce soir ou demain. Cette certitude est à la surface de ton esprit. Elle te rend heureux sans que tu aies besoin d'y penser. Elle imprègne tes gestes, les ralentit. On te sert du café, du pain frais, des confitures de fraises et de cerises. Tu as une faim de loup. Tu portes ta tasse à tes lèvres et tu vois les trouées de ciel bleu dans le feuillage. Depuis combien de temps ne t'es-tu pas senti ainsi, satisfait de rien ? Plusieurs tables sont maintenant occupées et un homme est assis en face de la jolie femme. Tu penses à Élisabeth. Vous avez eu si peu d'intimité. En aurait-elle voulu davantage ?

Elle avait été si heureuse de te retrouver à Paris. Si persuadée qu'il devait en être ainsi. Elle ne t'avait jamais demandé pourquoi tu n'avais pas répondu à ses lettres. Elle ne t'avait jamais questionné sur Strasbourg. Tu avais d'abord pris cette absence de curiosité pour de la délicatesse, puis tu t'étais rendu compte qu'il y avait chez elle une certaine indifférence pour ce qui ne la concernait pas. Tu étais revenu vers elle, c'était tout ce qui comptait. Et elle pouvait taire son amourette avec Samuel. Au début de votre mariage, elle essayait de discuter, de faire des mises au point, de te pousser à « communiquer ». Tu ne savais même pas de quoi elle parlait. Vous étiez partis quelquefois tous les deux, mais tu n'étais pas réellement présent. Elle avait fini par renoncer. Elle t'avait accepté comme tu étais. Mais a-t-elle été heureuse ? À présent, est-elle vraiment inquiète ? Tu ne lui avais jamais fait faux bond auparavant. À ta manière, tu avais été loyal. Il fallait que le fragile échafaudage de ta vie reste en place. Élisabeth était ton rempart, le garant de l'oubli. Comme ta mère avait bien fait les choses. Comme la machine fonctionnait bien. Comme elle te broyait à l'infini. Tu te demandes tout à coup quel tour aurait pris ta vie si Élisabeth n'était pas revenue vers toi ? Serais-tu retombé amoureux ? Aurais-tu pu choisir ? Tu ne t'étais jamais posé cette question. Retomber amoureux. Te souvenir que tu l'avais déjà été. À présent, tu imagines Élisabeth attablée avec ton père et ta mère. De quoi parlent-ils ? Passeront-ils leur journée comme si de rien n'était ? Ou bien ton absence changera-t-elle le cours des choses ? Avec les années, malgré ton désir de solitude, tu t'étais senti mis à l'écart. On ne te demandait plus ton avis, on ne te sollicitait plus. Élisabeth décidait avec ses parents ou avec les tiens. Tu te sentais comme un hôte de passage. Si elle avait pris ton parti, l'aurais-tu aimée davantage ? Aurais-tu toi-même été plus heureux ? Ce sont des questions abstraites et les réponses maintenant t'importent peu. Parce que de ce bonheur-là, aujourd'hui que tu es un autre, tu n'en aurais pas voulu. Tu t'attardes encore un peu dans le jardin. L'homme et la jolie femme sont partis et on dessert leur table. La chaleur devient verticale. Tu perçois l'odeur épicée des hortensias. Tes yeux se posent sur la nappe blanche et tu le remarques seulement : elle est brodée de cerises. Tu souris, tu es sur la route de Teresa. Tu remontes lentement à ta chambre. En ouvrant la porte, tu vois le livre sur la table de chevet. Tu t'en saisis doucement et le mets dans ta valise. Ce nom, en l'emportant chez Teresa, tu ne le trahiras pas.

35

Avant de reprendre la route, tu roules lentement entre les coteaux de vignes et de cerisiers jusqu'à Irancy. Tu veux acheter de ce vin que tu aimes, l'offrir à Teresa. Le village est situé au centre d'un vallon entouré de collines, une sorte d'amphithéâtre, avec des dégradés de verts qui se révèlent au soleil. Tu t'arrêtes au hasard devant un domaine qui jouxte l'église. Le viticulteur, affable et volubile, te propose de visiter sa cave, mais tu ne veux pas t'attarder. Il te propose différents millésimes, te les fait goûter, fait l'éloge d'un Irancy traditionnel que tu trouves parfait. Il dépose lui-même les bouteilles dans le coffre de ta voiture et te serre la main. « Revenez quand vous voulez. Vous visiterez les caves. » Tu t'éloignes dans le matin doré en pensant à Mario : « Cette fois-ci, reviens. »

Tu suis la départementale et les rives de l'Yonne jusqu'à l'échangeur de l'autoroute. Ce sera ensuite une ligne droite. Pour la première fois depuis longtemps, tu as le sentiment de partir en vacances. Tu te rappelles tous ces étés où tu quittais Teresa. Tu t'éloignais d'elle, tu partais dans le Midi. Aujourd'hui, tu vas l'y rejoindre. Si elle se souvient de toi, si elle n'a pas changé, vous partagerez peut-être un parasol, un horizon de vagues et de gâteaux de sable, tout ce dont tu rêvais au cours de ces vacances interminables, quand tu l'imaginais, elle, sous le parasol. Comme elle aurait apprécié ces jours, comme elle les aurait embellis, avec son corps plein et sa gaieté, et les jumeaux courant tout autour! Ce sera ta revanche d'enfant. Revanche de ces années où tu quittais les étés lumineux de sa présence pour une maison aux volets clos, pour une insupportable âpreté. Tu n'avais jamais osé lui dire la vérité de ces séjours, ces semaines prostrées où, enserré dans le silence et l'indifférence, tu déployais de subtils stratagèmes pour tromper ta solitude et raccourcir le temps. Tu ne lui avais jamais parlé de tes grands-parents si rugueux, des repas non partagés. Si tu avais pu, lui aurais-tu fait part du regard glacial de ta grand-mère, le dernier été, de la trace de sa gifle, de ta mère humiliée? Tu ne pouvais lui rapporter toute cette misère. Pour Teresa, tu voulais des images de beauté. Celles que tu avais emmagasinées sur le port, tu n'avais pas pu les lui offrir. Elles étaient mortes dans l'escalier de ton retour. Tu n'avais plus revu la maison du Grau-du-Roi ensuite, ni tes grands-parents. Après ta maladie, tu avais refusé d'y retourner et ta mère ne t'y avait pas contraint. Elle ne devait plus les revoir non plus. Ils étaient morts l'hiver suivant, intoxiqués au monoxyde de carbone, dans leur maison fermée. On les avait trouvés tous les deux dans le fauteuil qu'ils quittaient rarement, près du poêle défectueux. Ta mère en avait semblé soulagée. Elle avait très vite vendu la maison. C'est ensuite qu'un peu de vie lui était revenu, que ton père s'était fait plus présent, qu'ils étaient partis ensemble en vacances, qu'ils avaient rencontré les Clairvaux et plus tard acheté la maison de Provence. Comme si cette mort avait réglé de vieux différends et les avait réconciliés. Et si ton père avait eu une maîtresse, il n'en avait plus.

Mais c'était aussi après le départ de Teresa que cette vie lui était revenue. Pendant ta maladie elle avait été inquiète, mais à mesure que tu reprenais des forces, tu avais vu naître sur son visage une espèce de contentement qui ne l'a plus vraiment quittée. Cachait-il autre chose que le soulagement de te voir guérir ? Cette expression nouvelle, c'est bien à ce moment-là qu'elle était apparue, ou bien avant ? Il te semble que depuis ton départ, tu cherches à te rappeler quelque chose. Le visage de ta mère. Toi, entrant dans la pièce. Ce visage que tu lui avais revu après Strasbourg, quand tu avais quitté Sèna, quand tu avais été dompté. Sa jubilation muette.

36

Après Lyon, le paysage commence à changer. Bientôt, ce sera la Provence et ses odeurs sèches. Tu t'arrêtes pour faire le plein d'essence. Il y a beaucoup de monde sur l'aire de service, des vélos sur les toits des voitures, des bateaux dans des remorques, des enfants fatigués qui courent partout. Tu vas chercher un café et un sandwich au distributeur automatique et tu te dégourdis les jambes sur un coin d'herbe. Puis tu t'assieds sur un muret. Soudain, tu te vois, seul au milieu de tous ces gens, avec ton sandwich et ton café, et tu sens l'épaisseur de ta présence, son empreinte dans la chaleur. Tu sens le poids du gobelet dans ta main, le mouvement de ta mâchoire, la texture du pain. Tu te sens réel. Parce que tu sais où tu vas, parce que tu sais presque qui tu es. Tu penses à Élisabeth, à tes parents qui ignorent tout de ta réalité et de ta destination. Tu te diriges vers eux pourtant. Tu n'étais pas au rendez-vous, mais tu prends la même direction. Tu t'échappes dans le même sens. Tu t'y diriges pour défaire le passé. Tu t'y diriges pour t'en éloigner. Mais si, au lieu de cela, tu décidais de sortir à Aix, de rouler jusqu'à la villa, de t'arrêter dans la cour, quelle serait leur réaction ? Élisabeth apparaîtrait la première, des interrogations dans les yeux. Elle passerait sous le tilleul dont l'ombre un instant te cacherait son irritation, puis ta mère montrerait son visage inquisiteur, mais elle ne s'avancerait pas. Ton père non plus ne ferait pas un pas dans ta direction. Alors tu imagines. Tu descendrais tranquillement de la voiture et, ignorant les questions d'Élisabeth et surmontant ton dégoût, tu regarderais ta mère. Tu la regarderais dans les yeux. Tu lui dirais : « Je sais tout, je sais ce que tu as fait à Teresa. » Tu n'attendrais pas sa réaction, elle ne t'intéresserait pas. À l'intention de tous tu ajouterais : « Regardez-moi bien, c'est la dernière fois que vous me voyez, c'est fini la mascarade ! » Puis tu repartirais sous leurs regards médusés. Tu éclates de rire. Tu ne feras pas cela bien sûr. Mais tu le feras. Autrement.

Tu es ragaillardi quand tu remontes dans ta voiture. À un moment donné, ils sauront. Quel que soit ce que tu trouveras auprès de Teresa, tu les quitteras. Tous. Élisabeth souffrira peut-être, mais qu'aimait-elle en toi en définitive ? Ta docilité qui lui permettait de régenter ? Ton indifférence qui la laissait libre de mener sa vie à sa guise ? Tu lui diras la vérité, même si elle est brutale. Tu n'es pas celui qui l'a choisie, qu'elle n'ait pas de regrets. Et qu'elle soit consolée : elle pourra garder tes parents. Toi, ce qui t'importe maintenant, c'est de retrouver Teresa, Teresa que tu aimais et qui te manque, c'est de retrouver ce maillon de ton enfance. De faire ce voyage, de détricoter pour retricoter. D'être solide pour accéder aux mots de Sèna. Et pour l'heure d'être en mouvement. Tu laisses derrière toi Valence, Montélimar, Orange. À l'approche d'Avignon tu ouvres la vitre pour sentir l'odeur des pins. Le vent de la vitesse s'engouffre dans l'habitacle comme dans tes virées d'adolescent avec tes amis de fortune, quand vous rouliez à tombeau ouvert sur de petites routes, toutes fenêtres ouvertes, l'alcool battant dans vos tempes, inconscients du danger. En fin d'après-midi tu t'approches d'Aix. C'est l'heure où, dans la villa trop blanche, le jour te pesait. L'apéritif était servi sur la terrasse et tu ne pouvais t'y soustraire. Ta mère s'asseyait, puis ton père. Élisabeth te cherchait du regard. Tu n'avais plus d'échappatoire. Tu t'en éloignes maintenant, d'une impulsion souple sur le volant. Remettant à plus tard la confrontation. Tu te diriges vers l'est.

Et tout à coup tu l'entends. Cette voix qui claque, comme elle claquera des années plus tard : *Cette négresse, comment as-tu pu ?* Tu te souviens. C'était bien avant le déménagement. Bien avant que tu fréquentes des gens de ton milieu, avant la mort de tes grands-parents, avant que ton père se fasse plus présent. C'est un soir d'été. Tu quittes la cuisine claire de Teresa. Le soleil dans l'escalier dessine des angles sur le mur que tu suis avec ton doigt, de marche en marche, très lentement. Puis tu es devant la porte. Tu entres. Ta mère est au téléphone, debout dans la cuisine. Elle te tourne le dos. À qui parle-t-elle ? « Vous comprenez, ils sont différents, le père est ouvrier. Immigrés, oui. » Tu te figes. Tu comprends et tu ne comprends pas. Elle se retourne. Et tu croises son regard. Ce regard. Ce visage-là. Qui n'est pas celui que tu connais, celui d'un désespoir sec, mais une sorte d'enflure. Comme si ses traits s'étaient gonflés sous l'effet d'une joie malsaine, d'une satisfaction morbide. Ce visage que tu reconnaîtras plus tard sans le savoir, quand elle te laissera descendre l'escalier et frapper à la porte vide de Teresa.

Immigrés, étrangers. Teresa, Sèna. Peau mate, peau noire. Symétrie de la haine.

C'est de là que tu viens. De cette violence, de cette malveillance. Qu'a-t-elle fait à Teresa ? Qu'a-t-elle fait de toi qui as trahi Sèna ? Que vas-tu apprendre qui te la fera haïr davantage ?

37

C'est tremblant de rage et de honte que tu arrives à Menton. Parce que tu ne peux pas ne pas te souvenir de ce jour lointain à Strasbourg, où devant le concierge de ton immeuble, tu avais commencé à ressembler à ta mère. Et tandis que tu entres dans la ville qui s'ouvre devant toi et déploie sa beauté, les eaux de la Méditerranée, les montagnes de l'arrière-pays, tu te rends compte que tu ne pourras pas voir Teresa tout de suite. Il te faut mettre une nuit entre ta colère et sa bonté. Tu t'arrêtes devant le premier hôtel venu, un établissement cher et anonyme, mais tu n'as pas envie de chercher autre chose. Tu déposes ta valise dans la chambre et tu sors. Tu as besoin d'éloigner tes pensées. Tu te diriges vers la vieille ville. Dans des odeurs d'agrumes, le jour finissant secoue sa chaleur. Les terrasses des restaurants sont bondées. Tu marches vite dans les rues animées, tu montes par les ruelles aux murs ocres et roses, puis tu t'arrêtes, essoufflé. Tu te retournes. Tu aperçois le port et, tout au fond, la frontière italienne. Alors tout se calme en toi et tu te souviens de Lorenzo lisant une histoire aux jumeaux, pas de ses mots que tu ne comprenais pas, mais de sa voix qui berçait, qui rassurait. Alors tu consens à la lenteur et au bonheur d'être là où se trouve Teresa. Quand le soleil a totalement disparu derrière les tuiles, tu t'assois toi aussi à une terrasse. Tu commandes une dorade grillée, des beignets de fleurs de courgette et une bouteille de vin. Le vin te détend, vide ton esprit. Tu as juste conscience de ton corps ankylosé, de la douceur du soir, de la présence de Teresa tout près. Elle pourrait se promener elle aussi, comme tous ces gens lents et insoucieux, et passer devant ta table, marchant aux côtés de Lorenzo. Et tu les verrais de dos, s'éloignant, chacun tenant une petite fille par la main. La reconnaîtrais-tu ? Tu la reconnaîtras. Demain peut-être quelque chose reviendra à la vie et vous raccorderez ce qui n'aurait jamais dû être disjoint.

Quand, dans ta chambre d'hôtel, tu fermes les yeux, tu as l'impression d'être parti depuis très longtemps, de ne plus savoir d'où tu viens, de ne plus avoir conscience des années passées. Toutes ces années n'ont jamais existé. Tu es emmailloté dans les draps de ton enfance, serré dans la laine et les fils, comme dans un nid chaud et sûr, avec Teresa au bout de ton sommeil. Teresa qui t'attend avec son visage de toujours, sa table offerte, ses nappes brodées et la parole redevenue possible. Une seule nuit te sépare de ce que, après son départ, tu avais espéré tout le reste de ta vie.

Ce n'est qu'à ton réveil que tu te demandes comment cela va se passer. Tu réalises que tu ne pourras peut-être pas être seul avec Teresa, qu'il y aura peut-être du monde, que ton irruption pourrait créer un malaise. Pendant que tu roules jusqu'à la maison, tu imagines toutes sortes de scénarios pour tromper ta peur. La peur de la déception. Pas la tienne, celle de Teresa. S'il lui arrive de penser à toi, quelle image se fait-elle de ta vie? T'imagine-t-elle heureux, comblé? Pourra-t-elle croire que tu as embrassé la carrière de ton père? Que tu as épousé une femme choisie par ta mère? Que tu as accepté une vie par défaut?

38

Tu arrêtes la voiture un peu en retrait. Tu descends. Des murs de pierre, un jardin, des haies de fleurs, une longue table, l'ombre d'un arbre. Tu ne t'avances pas tout de suite. Tu restes immobile, à demi caché. Pendant ce court moment, le temps se referme. Tu revois avec une extrême acuité le visage de Teresa le jour de ton départ quand, dans le soleil de l'escalier, tu t'étais retourné. Puis tu te vois à présent, attendant devant sa porte comme tu le faisais enfant, avec tes vêtements de marque et la même croûte de silence collée à ton corps et à ton âme. Tu reviens vers elle comme tu l'étais alors. Sans rien apporter sinon du vin et des mots tus depuis trop longtemps.

Tu entends des voix d'enfants, elles se rapprochent. Deux fillettes sortent en trombe et courent autour de la table prête pour le petit-déjeuner. Tu t'avances. Elles s'immobilisent. Tu leur souris. Elles ne bougent pas. Puis tu lèves les yeux, et c'est Teresa.

– Thomas ?

Tu es incapable de répondre. Une boule t'obstrue la gorge. Teresa s'élance vers toi et te prend dans ses bras.

« Thomas », murmure-t-elle. Et elle te serre et te berce.

Elle a la même odeur, cette odeur de tilleul, cette odeur d'été. Et tu as envie de pleurer à cause de cette odeur. Parce que tu étais orphelin. Parce que tu attendais qu'un jour Teresa apparaisse et t'appelle par ton nom. Le monde est redevenu vivant. Tu peux poser tes bagages. Qu'importent toutes ces années. Qu'importent ta peine, le chemin détourné. Puisqu'elle est là maintenant. Puisqu'elle t'a reconnu. Puisque tu ne l'as jamais quittée. Tu aimerais voir son visage, mais elle te serre très fort. Les fillettes gloussent. Puis vous vous dégagez. Tu la regardes. Elle n'a pas changé. Elle a toujours ce corps formidable et les yeux bienveillants.

– Assieds-toi. Tu as pris ton petit-déjeuner ? Non ? Je vais te servir quelque chose. Elle sourit et s'essuie les yeux.

– Je te laisse avec Lili et Gabrielle.

Les fillettes se rapprochent et te regardent, les coudes sur la table. Tu ne peux t'empêcher de penser aux jumeaux le premier jour dans la cuisine. Elles leur ressemblent. Les yeux de Lorenzo.

– Qui est Lili et qui est Gabrielle ?
– Moi !
– Moi !
– Bon.
– Tout à l'heure, on va aller au marché avec papy, dit l'une d'elles.
– Oui, on...

Et toutes les deux ensemble :

– Papy !

Tu te retournes. Lorenzo te regarde, une corbeille à la main, il penche la tête et te sourit. Il pose le pain sur la table. Il est un peu plus maigre, avec des rides profondes au coin des yeux, mais il a l'air beaucoup plus sûr de lui. Tu te lèves. Il a le même geste que son fils. Il met ses deux mains sur tes épaules et te serre brièvement.

– Mario nous a prévenus de ton arrivée. Sois le bienvenu. Nous sommes tous contents de te revoir.

Il s'assied.

– Tu as fait la connaissance de nos deux petites perles ? demande-t-il en prenant la main des fillettes qui se tortillent d'aise. Lili est la fille de Jean-Baptiste, et Gabrielle, celle de Mario.

– On va au marché, papy ?

– Après le petit-déjeuner, mes chéries.

Teresa apporte du café. Et vous revoilà à table tous ensemble. Comme si vous aviez traversé les années côte à côte. Lorenzo te demande quel est ton métier, si tu es marié, si tu as des enfants. Et répondre n'est pas compliqué. Tu parles même un peu de ton travail. Tu te détends. Tu pourrais rester ainsi. Recoudre le temps sans rien demander. Sans rien savoir. Reprendre les choses là où on les avait laissées. Quand l'avenir semblait si loin.

39

Lorenzo parti avec les fillettes, tu es seul avec Teresa. Elle te regarde.

– Tu es devenu un bel homme. Même si tu as les yeux un peu tristes.

– Toi, Teresa, tu es toujours une belle femme.

Vous riez.

– Tu as mis beaucoup de temps, reprend-elle.

– À te retrouver?

– Oui...

Tu soupires.

– Ah, Teresa. Ça a été si long... J'ai tant de choses à te raconter. Quand je ne vous ai plus retrouvés, je suis tombé malade. Pourquoi êtes-vous partis comme ça?

– Tu ne sais rien alors...

Son regard fixe le fond du jardin, et tu ne peux t'empêcher de la détailler avec avidité. La peau tannée de ses mains. Son prodigieux visage. Sa robe simple et charmante.

– Mon garçon...

– Teresa, je veux savoir. Tout. Je te dirai tout à l'heure pourquoi c'est seulement maintenant que je veux savoir. Mais réponds à ma question, s'il te plaît: pourquoi êtes-vous partis?

Elle soupire imperceptiblement.
- Thomas...

Il y a si longtemps qu'on ne t'avait pas appelé Thomas avec cette voix douce, avec ce ton aimant. Tu as envie de l'entendre encore. Comme si elle l'avait senti, Teresa répète :

- Thomas...
- Je veux savoir, Teresa.
- Ça faisait des années qu'on recevait des lettres...

Teresa s'est de nouveau tournée vers le jardin.

- Des lettres... anonymes ?
- Oui.

Tout à coup, tu revois ta mère penchée sur la table de la cuisine, écrivant, les soirs où tu remontais de chez Teresa.

- Et que disaient ces lettres ?
- Ce que dit en général ce genre de lettres. Insultes, exhortations à repartir d'où l'on vient. Elles étaient faites de lettres découpées et collées. Elles étaient toutes postées de Chartres.

L'image que tu avais si soigneusement enfouie dans un coin de ton esprit ressurgit tout à coup. Dans la maison du Grau-du-Roi, ta mère assise sur son lit, concentrée, découpant dans un magazine cet alphabet minuscule et malsain.

Tu ressens une immense fatigue.

- Et tu savais qui te les envoyait, n'est-ce pas ?

Teresa baisse la voix :

– Oui. Je l'ai su tout de suite.

– Mais tu pouvais la dénoncer, Teresa...

– Je n'aurais pas fait cela, non. C'était... excuse-moi de dire cela... c'était une pauvre femme.

– Mais elle t'a fait du mal! Et à moi aussi!

Tu t'es levé, en proie à une colère immense. Tu fais les cent pas autour de la table. Ainsi, alors que tu ne la pensais capable que d'une méchanceté ordinaire et passive, ta mère t'épiait, harcelait les Zapelli et complotait pour se débarrasser d'eux. Elle avait tourmenté une bonne partie de ton enfance, mais ce n'était pas suffisant. Il fallait qu'elle t'enlève les seules personnes avec qui tu étais heureux.

– Calme-toi, mon garçon. Viens, assieds-toi.

Teresa te prend la main.

– Au lieu de partir... tu n'as jamais pensé à lui parler?

– Il y avait toi. Je ne savais pas ce qu'elle pouvait te faire. Et puis, nous sommes partis parce que Lorenzo a commencé à avoir des problèmes au travail. Du jour au lendemain, son patron ne lui a plus confié de chantiers. Il avait dû recevoir des lettres lui aussi. Lorenzo a cherché ailleurs et il a trouvé quelque chose à Dreux. Ça s'est fait très vite. Je t'ai écrit dès qu'on s'est installés, je t'expliquais notre départ précipité. J'ai envoyé la lettre par la poste en espérant que c'est toi qui la trouverais. Je n'avais pas le choix. Je t'ai écrit deux autres fois. Je suis même venue, un peu plus tard, mais vous aviez déménagé.

Tu restes longtemps silencieux. Tu repenses à ce sentiment de honte qui t'avait submergé la veille en arrivant dans la ville. Tu ne savais pas tout encore. Tu ne savais pas l'ignoble. Maintenant que tu sais, tu sens que curieusement ce sentiment se calme en toi, qu'il s'éloigne, qu'il ne te concerne plus que de manière indirecte. Que cette honte n'est pas la tienne. Qu'on ne peut avoir honte de ce qui ne nous appartient pas. Tu sais alors que le lien si ténu qui t'unissait encore à ta mère vient de se rompre.

Tu lèves les yeux. Teresa te regarde avec toute la bonté du monde.

– Ça a été comment pour toi ensuite ?

Tu hésites à répondre, puis tu murmures :

– Un jour, tu m'as dit qu'il y avait des gens qui portaient un mur en eux, tu te souviens ? Eh bien, en moi aussi, petit à petit, un mur s'est érigé.

Et tu racontes. Tout. Du dernier été au livre de Sèna.

– Voilà, Teresa. Je me suis trompé. Je me suis trompé de vie. Après ton départ, j'ai cru que j'avais des parents. J'ai même cru que j'étais libre. J'en veux terriblement à ma mère, mais je m'en veux surtout à moi, tu comprends ? Parce que j'ai été lâche, j'ai été méprisable, j'ai été odieux. Parce que j'ai fait comme elle. C'est ça le plus terrible, c'est ça le plus insupportable aujourd'hui : pendant un moment, je lui ai ressemblé. Ensuite, j'ai voulu tout oublier. Même toi. Parce que je t'avais trahie aussi. Mais tu m'as manqué ! Tu ne peux pas savoir comment !

– Toi aussi, tu m'as manqué, mon garçon. Tu m'as manqué beaucoup et longtemps.

Teresa serre ta main, puis reprend :

– Thomas, tout est possible encore. Tu m'as retrouvée, tu pourras retrouver Sèna. Elle ne t'a pas oublié, c'est évident !

– Je ne sais pas, Teresa. Peut-on pardonner l'impardonnable ?

40

Vous êtes devant la mer. Les fillettes jouent au ballon sur la plage. Derrière vous, les palmiers, la vieille ville et l'Italie toute proche. Voilà le décor de ce rêve si longtemps caressé. Teresa est à tes côtés, sous un parasol, en maillot de bain bleu ciel, souriante, le corps légèrement halé. Les fillettes se sont rapprochées et tentent maintenant une sculpture de sable.

– Thomas, on va faire un bateau ! dit Lili.

– Oui, regarde bien ! ajoute Gabrielle.

Au bout d'un moment, Lili piétine ce qu'elle vient de faire et Gabrielle laisse rageusement tomber sa pelle.

– C'est trop difficile, dit Lili. On n'a qu'à faire un château

– C'est bébé, de faire des châteaux...

Tu te tournes vers Teresa et tu lui souris. La matinée s'étire lente et pleine.

– Tu as fini par la voir, alors, la Méditerranée...

Elle rit.

– Ça ne fait pas si longtemps, tu sais. On venait juste d'acheter la maison. Pendant des années, je n'en ai eu qu'une image un peu frileuse, belle, mais si grise, si éplorée. Cette mer, riante et épanouie, je l'ai vue pour la première fois ici, sur cette même plage. Nous étions hors saison, il n'y avait personne, mais les couleurs de l'eau et du ciel étaient presque aussi éclatantes qu'aujourd'hui. Je tenais Lili dans mes bras, elle n'avait que quelques mois, et je l'ai placée en face de la mer pour qu'elle regarde aussi. Et quand elle a vu ce bleu majestueux et infini, elle a fermé les yeux comme si c'était trop pour sa si petite personne, puis elle les a rouverts et elle a ri. J'ai pensé qu'on ne pouvait pas mieux exprimer son sentiment devant ce qui nous dépasse. Pour moi, ce n'était plus une curiosité comme la première fois, c'était une révélation. Parce que j'avais grandi dans une parenthèse de terre qui m'avait caché une beauté si permanente et si dense. Et tu sais, j'ai pensé à toi. Je pensais à toi de temps en temps. Mais devant cette mer, quelque chose m'est revenu de tous ces étés où tu partais et où, je le sentais, la beauté t'était inaccessible.

Elle te regarde avec douceur, puis elle ajoute :

– Thomas, nous avons tant d'étés à rattraper. Ne t'en va pas tout de suite. Reste encore un peu.

Et tu restes. Et la vie n'est plus fausse et contrainte. Vous marchez lentement dans le soir qui tombe, Teresa et Lorenzo tenant chacun une fillette par la main. Tu fais la cuisine avec Teresa, tu laves les tomates, tu coupes la mozzarella, tu ajoutes le basilic. Tu joues à la pétanque avec Lorenzo et ses copains, vous buvez du vin frais, vous mangez des olives. Tu cours sur la plage avec Lili et Gabrielle, tu joues au ballon, tu creuses des bateaux dans le sable, tu entres dans la mer. Tu ne quittes pas longtemps la voix de Teresa. Tu t'allonges dans le jardin, tu la vois, tu l'écoutes. Vous allez faire un tour à Monaco, vous traversez la frontière italienne. Mario téléphone, puis c'est Jean-Baptiste et tu veux lui parler. Il arrivera bientôt. Tu le reverras. Tu reviendras. Vous vous retrouverez tous. Vous serez augmentés. Vous formerez une grande famille.

Tu es assis contre le mur de la maison, sous la lampe. Dans ton dos, la chaleur de la pierre. Le jardin est plongé dans le noir. Tu distingues devant toi la silhouette sombre de l'arbre. Il n'y a pas un souffle de vent, pas un bruit. Teresa et Lorenzo viennent de monter se coucher. Lili et Gabrielle dorment depuis longtemps. Sur la table, des noyaux de cerises. Tu as posé sur tes genoux le livre encore clos de Sèna.

Tu vas partir bientôt. Tu vas régler tes affaires. Quitter Élisabeth. Quitter Suresnes. Tu es arrivé au bout de ton histoire. Tout a été dit. Tu chercheras à retrouver Sèna. Tu lui demanderas de te pardonner. Vous vous reconnaîtrez peut-être. Peut-être pas. Trop de temps, trop de douleur. Acceptera-t-elle de te parler ? Tu essaieras. Mais quoi que tu trouves, quoi qu'il arrive, ses mots t'ont déjà libéré.

Les mains tremblantes, tu ouvres le livre.

41

Elle est encore plus belle. Plus belle que dans ton souvenir. Plus belle que sur les photos qui annonçaient sa présence aujourd'hui au Salon du livre. Elle est telle que tu l'as connue et aimée, et différente. Comme une version épanouie d'elle-même. Elle porte une robe claire, très élégante, et une longue tresse. Elle n'a plus ce regard ironique qui souvent te mettait mal à l'aise. Tu es si ému que tu te détournes, la regarder est une brûlure. Tu t'es frayé un chemin jusqu'au stand où elle est assise, une pile de livres devant elle, mais tu es resté en retrait. Il y a beaucoup de monde, elle ne te remarquera pas. Tu ne veux pas l'aborder avant la fin de la séance, tu espères un après. Tu feuillettes quelques ouvrages aux stands voisins sans la quitter des yeux. Une lectrice s'approche d'elle, lui tend son livre – le livre de ta trahison. Sèna sourit, pose quelques questions, signe. Tu vois ses longues mains et tu ne peux pas ne pas te souvenir de la dernière fois que ces mains se sont posées sur les tiennes : « Tom, on n'est pas les premiers à qui ça arrive. » Tu ne peux pas ne pas te souvenir non plus de ce qui a suivi. Sa question déchirée : « Mais qui es-tu ? Qui es-tu ? » Cette question, tu viens seulement d'y répondre. Maintenant seulement tu sais qui tu es. Il a fallu te souvenir. Il a fallu ouvrir le livre. Sa lecture a été éprouvante, même si tu t'y étais préparé. Le pire a été peut-être de n'y trouver aucun jugement. Seulement des faits. Toi, dans ta brutale vérité, incapable de te détacher de ton milieu et de sa norme, préoccupé uniquement de toi-même, inconsistant et cruel. Maintenant tu as fait place nette. Tu as quitté tes parents, Élisabeth et Suresnes. Maintenant tu es sur le chemin qui est le tien. Tu t'es installé provisoirement à Paris, dans un petit appartement aux murs colorés et aux meubles hétéroclites, avant de t'établir ailleurs, dans le Midi peut-être. Tu es un homme neuf. Tu es aussi un homme plein d'espoir. Tout peut commencer, recommencer.

Elle est seule un instant. Elle se lève, fait quelques pas. Sa silhouette de liane. Tu es submergé par une suffocante nostalgie.

Dans une dizaine de minutes, tu pourras t'avancer vers elle. Tu te tiendras debout devant sa table, sans paroles, sans livre à lui tendre, avec juste tes yeux dans les siens et ta peine infinie. Tu trembleras, c'est sûr, tu trembles déjà. Elle te reconnaîtra, de cela tu ne doutes pas. Sans attendre, tu imploreras son pardon. Elle te regardera longuement. Tu lui demanderas si elle a le temps, et elle l'aura peut-être. Vous entrerez dans un café. Une fois assis face à elle et ses yeux sombres, tu chercheras les mots qui effaceront la salissure et le chagrin.

Des lecteurs attendent encore devant son stand. Le livre est un succès, les critiques ont été très élogieuses. Il faut dire qu'il a un rythme, que l'écriture est rapide, précise, que la fin est déchirante. Quand l'affreux type va voir l'amie pour s'assurer qu'on s'est bien débarrassé de l'enfant, c'est abject.

Tout à coup, tu la vois ranger ses affaires. Tu t'avances. Elle prend son sac, regarde sur sa gauche, sourit. Tu reconnais ce sourire. Le sourire irrésistible. Et tu sais instantanément qu'il n'y aura pas de recommencement. Un homme aux yeux clairs la rejoint. Il est suivi d'un garçon d'une dizaine d'années. Tu t'arrêtes net. Des gens te bousculent. Un garçonnet aux mains fines et aux membres déliés. Un homme grand, mince, bien bâti. Le petit garçon a un sac plein de livres. Le visage lumineux, il les montre à sa mère. L'homme doit demander si ça s'est bien passé. Tu vois Sèna lui répondre en souriant. Tu sais, toi, que ça s'est bien passé. Tu peux en témoigner, tu étais là. Maintenant, ils marchent dans ta direction. Debout dans l'allée, tu ne peux plus bouger. Ils s'avancent. Sèna est penchée sur l'enfant. Ils arrivent à ta hauteur. Elle lève la tête. Éperdu, tu la regardes. Dans ses yeux, il y a un tressaillement, presque un effroi, aussitôt suivi d'un durcissement. Ton cœur cogne dans ta gorge. L'homme pose la main sur son épaule. Elle se tourne vers lui et, tendrement, passe son bras autour de sa taille. Le petit garçon lui prend la main. Ils te dépassent. Tu te retournes. Tu les vois s'éloigner tous les trois enlacés, puis, gommés par le flot des visiteurs, disparaître en un instant. Te laisser là, impardonné.